The Fairy House : Fairy Riding School
by Kelly McKain

First published in 2007 by Scholastic Children's Books

ひみつの妖精《ようせい》ハウス

ティファニーの挑《ちょう》戦《せん》状《じょう》！

The Fairy House

ケリー・マケイン 作
田中亜希子 訳
まめゆか 絵

ポプラ社

もくじ

みんな、元気《げんき》？
また会《あ》えて、うれしいな☆

わたしね、このところずっと、
夢《ゆめ》を見《み》ているような気分《きぶん》なの。

だって……ほんものの妖精《ようせい》と友《とも》だちになったんだもん。
しかも、わたしのドールハウスにすんでるんだよ！

ね？ びっくりでしょ？

わたしもびっくり。今《いま》もまだしんじられないくらい。
でもね、ほんとのことなんだ。

友《とも》だちの名前《なまえ》は、ブルーベル、デイジー、
サルビアに、スノードロップ。

妖精《ようせい》をしんじてる人《ひと》には、
ちゃんとすがたが見《み》えるんだって。

みんなにも、きっと、見《み》えるよね☆

人物紹介《じんぶつしょうかい》

ピュア

ロンドンから来《き》た女《おんな》の子《こ》。
妖精《ようせい》をしんじていて、
夢見《ゆめみ》ることがすき。
新《あたら》しい家《いえ》にママとすんでいる。

Bluebell

ブルーベル

元気《げんき》いっぱいの春《はる》の精《せい》。
うれしいのもかなしいのも、
すぐ顔《かお》にでちゃう！

Daisy

デイジー

心《こころ》やさしい夏《なつ》の精《せい》。
いつもみんなを見守《みまも》って
いる、お姉《ねえ》さん的存在《てきそんざい》。

Salvia

サルビア

しっかりものの秋《あき》の精《せい》。
自分《じぶん》の意見《いけん》をはっきりいう
タイプ。ピアノが得意《とくい》。

Snowdrop

スノードロップ

はずかしがりやの冬《ふゆ》の精《せい》。
ふだんはおとなしいけれど、
実《じつ》はいちばんの大物《おおもの》？

妖精《ようせい》ハウス

オークの木《き》の下《した》に
おいてある、ピュアの
ドールハウス。
妖精《ようせい》たちがすんでいる。

第1章
いじわるな挑戦《ちょうせん》

「ただいま!」

放課後《ほうかご》、家《いえ》に帰《かえ》ったピュアは、ママに声《こえ》をかけながら二階《かい》の自分《じぶん》の部屋《へや》に大《おお》いそぎであがりました。スクールバッグをおくとすぐ、家《いえ》をとびだします。

「あら、ピュア? おやつはいいの?」

ママの返事《へんじ》も耳《みみ》に入《はい》りません。

裏庭《うらにわ》をとおって針金《はりがね》フェンスをくぐると、そこはチョウがたわむれる野原《のはら》。夕方《ゆうがた》のやわらかい光《ひかり》をあびたデイジーやタンポポが風《かぜ》にゆれています。そんな光景《こうけい》にピュアは目《め》もくれず、長《なが》い草《くさ》のなかをどんどんすすんでいきます。
四人《にん》の友《とも》だちのもとへ一秒《びょう》でもはやく行《い》きたくて、気《き》がせいてい
ました。相談《そうだん》したいことがあるのです。
ああ、わたしがどんなにバカなことをしちゃったのか、みんなに
いわなくちゃ……！
ピュアが今《いま》めざしているのは、ドールハウスがおいてある場所《ばしょ》。
その小《ちい》さな家《いえ》のなかに友《とも》だちがすんでいます。
というのも、友《とも》だちというのは……ほんものの妖精《ようせい》！
ブルーベル、デイジー、サルビア、スノードロップの四人《にん》です。
妖精《ようせい》たちとの出《で》あいは、ある日《ひ》、ピュアがオークの木《き》の下《した》にドー
ルハウスをおきっぱなしにしてしまったのがきっかけでした。その

ときまでは、まさかこれほど近《ちか》くに妖精《ようせい》がいるなんて思《おも》っていなかったのですが、ほんとうにいたのです。ひっこしてきたばかりのピュアにとって、四人《にん》はこの町《まち》で、はじめてできた友《とも》だちでした。

ピュアはドールハウスを〈妖精《ようせい》ハウス〉と名《な》づけ、四人《にん》にすんでもらうことにしました。それからは妖精《ようせい》ハウスのインテリアをいっしょにつくったり、歌《うた》やダンスを教《おし》えあったり、さまざまな冒険《ぼうけん》を

したり……！　ピュアが妖精《ようせい》に変身《へんしん》して、空《そら》をとびまわったこともあります。

ついさいきんも力《ちから》をあわせて、同《おな》じクラスのいじめっ子《こ》ティファニーにつかまった、デイジーをたすけだしました。

きょう、ピュアが妖精《ようせい》たちに相談《そうだん》したいのは、そのティファニーに関係《かんけい》していることです。

さて、ピュアがドールハウスにたどりついたとき、四人《にん》は思《おも》い思《おも》いに午後《ごご》のひとときをすごしていました。

スノードロップは、まどべのかごにうえてある花《はな》に水《みず》をやっています。うつむいた白《しろ》い顔《かお》に黒《くろ》い髪《かみ》がかかります。

デイジーは外《そと》にいて、気持《きも》ちよさそうにハンモックにゆられています。妖精《ようせい》ハウスのすぐ前《まえ》にたてた二本《ほん》の小枝《こえだ》に、ピュアからもらったハンカチをむすびつけたハンドメイドです。

まっ赤《か》な髪《かみ》のサルビアと、元気《げんき》なブルーベルも外《そと》の草《くさ》むらで、楽《たの》しそうにアクロバットの練習《れんしゅう》をしています。けんかばかりするふたりですが、きょうはなかよくしているようです。

さかだちをしているブルーベルを見《み》て、ピュアは思《おも》わずクスッとわらいました。水色《みずいろ》の髪《かみ》がすっかり顔《かお》にかかっていたからです。

「あ、ピュア、おかえり！　いっしょにあそぼう！」

さかさのまま、ブルーベルが声《こえ》をかけました。

ピュアはにっこりしましたが、首《くび》を横《よこ》にふります。

「あそぶのはあとでもいい？　その前《まえ》に、みんなに相談《そうだん》したいことがあって……」

デイジーのハンモックをひっかけないように気《き》をつけながら、ピュアは妖精《ようせい》ハウスの玄関《げんかん》ドアのドアノブに小指《こゆび》をのせました。ドアノブにはあらかじめ、ブルーベルが魔法《まほう》の粉《こな》〈フェアリーパウダー〉をふりかけてくれています。

「妖精《ようせい》をしんじます……妖精《ようせい》をしんじます……妖精《ようせい》をしんじます！」

ピュアが、妖精《ようせい》たちに教《おし》えられた魔法《まほう》のことばをとなえると、とたんに、頭《あたま》のてっぺんがチリチリしました。つづいて、ボン！という音《おと》。まわりにあるものが、なにもかも、どんどん大《おお》きくなっていきます。ほんとうは、ピュアの体が小さくなっているのですけれど。

ちぢむのが止《と》まったとき、ピュアは妖精《ようせい》たちと同《おな》じ大《おお》きさになっていました。さっそく、そばにおかれているベンチにこしかけます。

ベンチは前《まえ》にブルーベルが小枝《こえだ》を組《く》んでつくったものです。

すぐに四人《にん》がピュアのまわりにあつまりました。

「ピュア、いったいどうしたの？」

デイジーがしんぱいしてたずねます。

「うん……このあいだ、クラスメイトのティファニーがうちに来《き》たことおぼえてる？」

四人《にん》はうなずきました。わすれるはずがありません。いじわるなティファニーはピュアに宿題《しゅくだい》をさせたばかりか、妖精《ようせい》ハウスをかってにもちだして、なかにいるデイジーをつれていってしまったのです。四人《にん》とも、ティファニーのことをまだおこっています。

ピュアは話《はなし》をつづけました。

「ティファニーはね、先週《せんしゅう》の宿題《しゅくだい》で花丸《はなまる》をもらえたら、ポニーを買《か》ってもらうってお父《とう》さんとやくそくしていたの」

サルビアが「宿題《しゅくだい》を自分《じぶん》でやってもいないのに、ずるいわよ」とつぶやくと、ほかの三人《にん》もくやしそうにうなずきました。

ピュアも思《おも》わずうでぐみをすると、さらにせつめいをつづけます。

「でね、けっきょくティファニーはポニーを買《か》ってもらったんだって。そしたら、こんどはわたしに、土曜日《どようび》にひらかれる競技会《きょうぎかい》にでて、勝負《しょうぶ》しろっていうんだよ！」

「競技会《きょうぎかい》ってなんですか？」

スノードロップがききました。

それにこたえたのは、サルビアでした。

「ポニーにのって走《はし》ったり、わざを見《み》せたりして、一位《い》をきめる会《かい》だと思う。フェアリーランドのサマーフェスティバルでも、そういうのあったじゃない？　あたし、女王《じょおう》さまのポニーをかりて、参加《さんか》したことがあるわ」

するとブルーベルがうなずきました。

「うちも、おぼえてるよ。じゃあ、人間《にんげん》の世界《せかい》でも、同《おな》じようなことをする会《かい》があるってこと？」

「たぶんね。ポニーにのるの、楽《たの》しかったなあ……。ピュア、競技《きょうぎ》会《かい》にでられるなんて、よかったわね！」

ところがサルビアにそういわれても、ピュアはよかったなんて思《おも》えませんでした。
「でも、わたし、勝負《しょうぶ》なんてむり。ポニーにいちどものったことがないんだから」
「なんだ。じゃあ、ティファニーの挑戦《ちょうせん》をことわったんだね。ポニーにのるのは楽《たの》しいけれど、のり方《かた》がわからないんじゃ、きっとおっこちて、けがをして――」
サルビアの話《はなし》をきくうちに青《あお》くなったピュアでしたが、ほんとうのことをいうために、さえぎりました。

「ううん。じつはね……競技会《きょうぎかい》にでるっていっちゃったの」

妖精《ようせい》たちはおどろいて、ピュアを見《み》つめました。

「どうして？　ポニーにのったこともないのに⁉」

しんぱいしたデイジーがききます。

ピュアは大《おお》きく息《いき》をすいこむと、いっきに話《はな》しました。

「ティファニーと話《はな》しているとき、指《ゆび》に黄緑色《きみどりいろ》の石《いし》のついたリングをはめていることに気《き》づいたの。あれはペリドット。つまり妖精《ようせい》の〈任務《にんむ》〉にひつような、八月《がつ》の誕生石《たんじょうせき》だよ！」

とたんに、妖精《ようせい》たちが目《め》を見《み》ひらきました。〈任務《にんむ》〉というのは、妖精《ようせい》がおこなうだいじな仕事《しごと》。四人《にん》が人間《にんげん》の世界《せかい》にいるのは、妖精《ようせい》の女王《じょおう》さまからの指令書《しれいしょ》に書《か》かれた、とびきりむずかしい〈任務《にんむ》〉

をやりとげるためなのです。

そのだいじな仕事《しごと》をむねにきざむため、四人《にん》は指令書《しれいしょ》を毎日《まいにち》読んでいます。今《いま》もまたスノードロップが広《ひろ》げて、みんなで読《よ》みなおしました。

妖精《ようせい》の女王《じょおう》による指令書《しれいしょ》

〈任務《にんむ》〉第《だい》四五八二六番《ばん》

おそろしい知《し》らせがフェアリーランドにとどきました。

あなたたちも知《し》ってのとおり、魔法《まほう》のオークの木《き》はフェアリーランドと人間《にんげん》の世界《せかい》をむすぶ門《もん》です。妖精《ようせい》が人間《にんげん》の世界《せかい》へ行《い》くには、

〈魔法《まほう》のきらめく風《かぜ》〉にのってその門《もん》を通《とお》るしか方法《ほうほう》はありません。

ところが、オークの木《き》を切《き》りたおして家《いえ》をたてようとする人間《にんげん》が、あらわれたのです。そのようなことになれば、妖精《ようせい》は人間《にんげん》の世界《せかい》へ行《い》って自然《しぜん》を守《まも》ることができなくなります。

一部《いちぶ》の人間《にんげん》がそのようなおそろしいことをしないよう、あなたたちが止《と》めなさい。そして、この先《さき》ずっと、オークの木《き》がかならず守《まも》られるようにするのです。

以上《いじょう》が、あなたたちの〈任務《にんむ》〉です。

この〈任務《にんむ》〉をはたしたときだけ、フェアリーランドへ帰《かえ》ることをゆるします。

妖精《ようせい》の女王《じょおう》

追伸《ついしん》　さまざまな誕生石《たんじょうせき》をあつめなさい。
オークの木《き》をすくう魔法《まほう》をはたらかせてくれるでしょう。

誕生石《たんじょうせき》をあつめ、オークの木《き》を守《まも》る。その〈任務《にんむ》〉こそが、人間《にんげん》の世界《せかい》と妖精《ようせい》の世界《せかい》を守《まも》ることにつながります。

ピュアはみんなにいいました。

「わたし、ティファニーにいったの。競技会《きょうぎかい》にでて、もしもわたしが勝《か》ったら、指《ゆび》にはめてるリングをちょうだいって。ペリドットが手《て》に入《はい》れば、また一歩前進《ぽぜんしん》できるでしょ」

デイジーがはっと息《いき》をのみます。

「そのために、ティファニーの挑戦《ちょうせん》を受《う》けてくれたってこと……？」

ブルーベルがうなずきました。

「ピュア、グッドアイデアだね！　それに、すっごく勇気《ゆうき》がある！」

オークの木《き》を切《き》りたおす計画《けいかく》をたてているのがティファニーのお

父《とう》さんだということは、みんなももう、知《し》っています。でも、いつ木《き》を切《き》りたおすかまでは、わかっていません。

今《いま》にも木《き》が切《き》られてしまうのではないかと思《おも》うと、妖精《ようせい》たちは不《ふ》安《あん》でたまらなくなりました。ピュアもしんぱいで、さいきん夜中《よなか》に目《め》をさますことがあります。とにかく今《いま》できるのは、誕生石《たんじょうせき》をあつめること。それしかありません。

ピュアがティファニーと勝負《しょうぶ》しようときめた気持《きも》ちが、妖精《ようせい》たちにはいたいほどわかりました。とはいえ、ポニーののり方《かた》もわからないのに勝負《しょうぶ》するなんて、きけんです。

スノードロップが考《かんが》えこみながら、いいました。

「ピュアがいくら勝負《しょうぶ》したいといっても、ポニーにのるのを、ママさんはゆるしてくれないんじゃないでしょうか」

「ううん。ママは、『のってきなさい』って、よろこんでくれた。じつはね……ママには、土曜日《どようび》にティファニーが入《はい》ってる乗馬《じょうば》クラブの競技会《きょうぎかい》に参加《さんか》して、そこでゲームをするとだけ、つたえてあるんだ。ママは『当日《とうじつ》、ゲームにでたいなら、はじめての人《ひと》むけの乗《じょう》馬《ば》レッスンを受《う》けてからにしなさいね』っていってた」

ピュアの話《はなし》をきいて、サルビアがしんぱいそうにききました。

「競技会《きょうぎかい》って、ほんとはどんなことをするの？」

「ポニーにのって、いろんなゲームをするほかに、しんけんな競争《きょうそう》もあるみたい。ティファニーはわたしと『しょうがいひえつきょうぎ』で勝負《しょうぶ》するっていってた」

「なにそれ？　きいたことないわ」とサルビア。

「どっちみち、ティファニーなんかにまけないよ」とブルーベル。

すると、デイジーがいいました。

「それがどういうものなのか、本《ほん》でしらべたら？」

ピュアはぱっと笑顔《えがお》をデイジーにむけました。

「うん、あした、学校《がっこう》の図書館《としょかん》に行《い》ってみる！　だけど、それだけじゃポニーにのれるようにはなれないよね……。どうしよう？」

とつぜん、サルビアがさけびました。

「それならあたしたちがてつだえるわ！　ほら、前《まえ》にピュアが妖精《ようせい》ハウスを自分《じぶん》の家《いえ》にもちかえったことがあったでしょ？　あのとき、あたしたち、ちょっと、その……」

「いたずらしちゃったんだよね。それで、ピュアの家《いえ》のなかを、めちゃめちゃにしちゃった」

話《はなし》をしめくくったのは、ブルーベルです。

サルビアがうなずいて、さらにつづきをいいました。

「あのとき、あたしたちはフェアリーパウダーをふりかけて、おもちゃのポニーとユニコーンを動《うご》かしたのよね。でね、思《おも》ったんだけど、あのポニーをここにもってきて……まあ、あまり時間《じかん》はないけど――」

そこまできいて、ピュアは思《おも》わずぱっと立《た》ちあがりました。

「わかった！　みんなが魔法《まほう》でポニーに命《いのち》をふきこんで、わたしにそののり方《かた》をコーチしてくれるってこと！」

「わあ、サルビア、すばらしいアイデアです！」とスノードロップ。

「それでもやっぱり、練習《れんしゅう》する時間《じかん》はあまりないんだから――」

サルビアがいいおわらないうちに、ピュアはもう妖精《ようせい》ハウスの玄《げん》関《かん》のドアノブに手《て》をのせ、魔法《まほう》のことばをとなえていました。もとの大《おお》きさにもどったとたんに、かけだします。

「すぐにポニーをとってくるね！」

ピュアは競技会《きょうぎかい》にでるときめてから、はじめてわくわくしていました。サルビアのおかげで、かすかな希望《きぼう》の光《ひかり》が見《み》えたのです。

とにかくできるだけのことはしなくちゃ！

ピュアは心《こころ》にきめていました。オークの木《き》を守《まも》るためには、どうしても誕生石《たんじょうせき》がひつようなのですから。

第2章

ひみつの乗馬《じょうば》レッスン

数分後《すうふんご》、ピュアはおもちゃのポニーやユニコーンをかかえて、妖精《ようせい》ハウスにもどりました。大《おお》きな青《あお》いふくろと、ママに「水分《すいぶん》はたいせつよ。もっていきなさい」とわたされたペットボトルの水《みず》ももっています。制服《せいふく》は、ジーンズとT《ティー》シャツに着《き》がえていました。

サルビアがうなずいて、いいました。

「乗馬《じょうば》には、その服《ふく》のほうがずっといいわ」

「ねえねえ、そのふくろのなかみは、なに？」

ブルーベルがたずねます。なんでもすぐに知《し》りたがるのです。

ピュアはにっこりすると、小《ちい》さな妖精《ようせい》たちにぶつからないよう、そっとひざをついて、ふくろのなかみを草《くさ》の上《うえ》にあけました。

妖精《ようせい》たちがはっと息《いき》をのみます。それは、おもちゃの乗馬《じょうば》セットだったのです。毛《け》なみをととのえるためのブラシとくし、それにたてがみをかざる輪《わ》ゴムとリボン。手綱《たづな》と鞍《くら》もあります。とてもすてきな乗馬《じょうば》セットです。でも……。

「手綱《たづな》と鞍《くら》がひとつずつしかありません」

スノードロップが、なきだしそうな声《こえ》でいいます。

がっかりしたほかの妖精《ようせい》たちの羽《はね》も、だらんとさがりました。

「みんなでいっしょに練習《れんしゅう》したかったのに……」とデイジー。

けれども、ブルーベルはかんたんにはあきらめませんでした。すぐに気《き》をとりなおして手綱《たづな》を手《て》にとり、ながめまわします。それから顔《かお》をあげて、いいました。

「だいじょうぶ。うちがじょうぶな草《くさ》のくきで、手綱《たづな》をつくるよ。鞍《くら》がなくても、そのままポニーやユニコーンの背《せ》にのればいいし！」

「さすがブルーベルです！」とスノードロップ。

ほかのみんなも、たちまち元気《げんき》をとりもどしました。

さあ、いよいよ乗馬《じょうば》の練習《れんしゅう》をはじめます。

ピュアは、草《くさ》の上《うえ》におもちゃのポニーを四つとユニコーンをひとつ立《た》たせると、すぐさま妖精《ようせい》ハウスの玄関《げんかん》のドアノブに小指《こゆび》をかけて魔法《まほう》のことばをとなえ、小《ちい》さくなりました。

そのあいだに、ブルーベルとデイジーは草《くさ》のくきをあんで、みごとに手綱《たづな》をつくりました。サルビアとスノードロップは、妖精《ようせい》ハウスの前《まえ》にある空《あ》き地《ち》を乗馬《じょうば》に使《つか》うため、小枝《こえだ》をどかし、まわりの草《くさ》をあんで囲《かこ》いをつくります。

ふと、サルビアが思《おも》いついて、いいました。

「フェアリーパウダーの魔法《まほう》で動《うご》くようになったユニコーンやポニーは、生《い》きている動物《どうぶつ》と同《おな》じように水《みず》をのむの。だから大《おお》きな入《い》れものがいるんだけど……」

これにはすぐにピュアがいいアイデアを思《おも》いつきました。

「スノードロップ、てつだってくれる？」

そう声《こえ》をかけると、妖精《ようせい》ハウスのなかにかけこんでバスルームへいそぎ、いっしょにふろおけをひっぱりだしました。

外《そと》につくった囲《かこ》いのそばにふろおけをおくと、こんどはピュアとサルビアで、ペットボトルの水《みず》をそそぎます。水《みず》はたっぷり入《はい》りました。これで、ユニコーンたちの水《みず》のみ場《ば》は完成《かんせい》です！

スノードロップが「ふろおけって水《みず》を入《い》れるのにぴったりですね」と感心《かんしん》しました。妖精《ようせい》はよごれないので、おふろには入《はい》りません。なので、それまでふろおけのことを、魔法《まほう》のクスリをまぜる道具《どうぐ》か、かくれんぼのかくれ場所《ばしょ》だと思《おも》っていたのです。

水《みず》のみ場《ば》をつくったあと、デイジーが、安全《あんぜん》のために乗馬用《じょうばよう》のぼうしをかぶることを思《おも》いつきました。

「野原《のはら》のはずれに立《た》っているトチの木《き》に、実《み》がなっているでしょ？あのからを、つかえばいいんじゃない？」

おもちゃのポニーたち
ドキドキ！
みんな、かわいいでしょ？
★ムーンダスト★
白《しろ》いユニコーン。金色《きんいろ》のつのを持《も》つ
★プラム★
青《あお》いポニー。たてがみはむらさき
★ファイヤー★
全身《ぜんしん》がもえるような赤《あか》のポニー
★レインボー★
ピンクのポニー。たてがみは虹色《にじいろ》
★サンシャイン★
黄色《きいろ》いポニー。たてがみは白《しろ》
ポニーたちのアイテム
トチの実《み》のぼうし
おもちゃの手綱《たつな》
おもちゃの鞍《くら》
みんなの手綱《たづな》は、うちがつくるからね
かざりつきの輪《わ》ゴム
毛《け》なみをととのえるためのブラシとくし
はい！わくわくしてますっ！
たてがみをかざるリボン
うまくのれるかな……

ブルーベルがすぐにとんでいって、まだ緑色《みどりいろ》でじゅくしていないトチの実《み》をもいできました。その実《み》を思《おも》いきりふみつけて、からをぱかっとわります（思《おも》いきりふみつけるのが、ブルーベルはとてもじょうずでした）。うまく半分《はんぶん》になったトチの実《み》のからにストラップをつければ、ぼうしのできあがりです。

用意《ようい》がととのうと、いよいよユニコーンとポニーに魔法《まほう》をかける番《ばん》になりました。ピュアもほかの四人《にん》も、わくわくしすぎてまちきれません。

まずは、スノードロップがポケットからフェアリーパウダーのびんをとりだし、白《しろ》いユニコーンのもとへあるいていきました。ピュアの家《いえ》でいたずらをしたときに、いちどのったことがあるので、ひさしぶりね、という気持《きも》ちをこめて、やさしくたてがみをなでます。

それを見《み》たピュアは、にっこりしていいました。

「その子《こ》にはスノードロップがのるといいよ。〈ムーンダスト〉っていう名前《なまえ》なの」

スノードロップがぱっと顔《かお》をほころばせます。すぐさま、てのひらにフェアリーパウダーをふりだすと、ユニコーンの鼻先《はなさき》につけました。

とたんに、たてがみからしっぽまでが、まぶしい光《ひかり》をはなち、つぎのしゅんかん、ユニコーンはうれしそうに「ヒヒーン」といなないてスノードロップに鼻《はな》をすりつけました。命《いのち》がふきこまれたのです。見《み》るからに、ユニコーンはスノードロップにまた会《あ》えて、とてもよろこんでいました。

ピュアは〈レインボー〉という名《な》のポニーにきめました。体《からだ》がピンクで、たてがみが虹色《にじいろ》をしています。

なんだかうそみたい、とピュアは思《おも》いました。なにしろ、きのうの晩《ばん》、お気《き》に入《い》りのレインボーがたんすの上《うえ》にちょこんとのっているのを見《み》て、かわいいなあと思《おも》ったばかりなのです。そのレインボーのせなかに、まさかのることになるなんて、夢《ゆめ》のようです。

ピュアはスノードロップからてのひらにフェアリーパウダーをふりだしてもらうと、レインボーの鼻先《はなさき》にそっとつけました。とたんに、レインボーがまぶしい光《ひかり》をはなち、元気《げんき》よくいなないて、囲《かこ》いのなかを楽《たの》しげにかけだします。

ほかのみんなもそれぞれ、ポニーをえらびました。ブルーベルは青《あお》い体《からだ》にむらさきのたてがみとしっぽの〈プラム〉、デイジーは黄《き》色《いろ》の体《からだ》に白《しろ》いたてがみとしっぽの〈サンシャイン〉、サルビアはなにもかもがもえるような赤《あか》の〈ファイヤー〉です。ファイヤーは、フェアリーパウダーを鼻《はな》につけられたとたん、サルビアの手《て》をぺろりとなめました。

ピュアは鞍《くら》と手綱《たづな》を手《て》にとりました。よし、がんばるゾ！　と気《き》合《あ》いを入《い》れて、レインボーのもとへまっすぐあるきだします。

けれどまたすぐに不安《ふあん》になって、足《あし》が止《と》まってしまいました。

「ねえ、みんな……ほんとは一秒《びょう》でも長《なが》く乗馬《じょうば》レッスンをしなきゃいけないんだけど……もうすぐ夕食《ゆうしょく》の時間《じかん》だから、あまり練習《れんしゅう》できないと思《おも》う。なにからはじめたらいいの？」

するとサルビアがにっこりしていいました。

「そんなにあせらなくても、だいじょうぶ。まずは、ポニーとなかよくなるところからね。鞍《くら》と手綱《たづな》はもとにもどして、ブラシをもってきて」

ピュアは心《こころ》のそこからほっとしました。

サルビアがいてくれてよかった……！

さっそくみんなでポニーとユニコーンの世話《せわ》をはじめました。

デイジーは自分《じぶん》の髪型《かみがた》そっくりに、サンシャインのしっぽを二本《ほん》の三つあみにして、デイジーの花《はな》をむすびつけます。スノードロップはムーンダストのたてがみをていねいにくしでとかして、つやつやさらさらにしてやります。

ブルーベルはプラムのむらさき色《いろ》のたてがみを手《て》でふんわり広《ひろ》げ、サルビアはファイヤーのしっぽをなみだたせてやりました。ピュアは、レインボーのしっぽにピンクのリボンをあみこんで、自分《じぶん》の髪《かみ》にもピンクのリボンをつけます。

ユニコーンやポニーとおたがいになれたところで、サルビアがいいました。

「そろそろのってみましょ！」

ピュアはドキンとしました。いよいよのれるんだ、といううれしさと、だいじょうぶかな、という不安《ふあん》でむねがいっぱいです。とにかく、いそいで鞍《くら》と手綱《たづな》をとってきます。

サルビアがてつだって、みんなの手綱《たづな》をつけました。ひとつしかない鞍《くら》は、サルビアにやり方《かた》を教《おし》えてもらったピュアが、レインボーのせなかにしっかりくくりつけます。

五人《にん》でトチの実《み》のぼうしをかぶったら、それぞれのユニコーンとポニーにのって……乗馬《じょうば》レッスン開始《かいし》！

さいしょは、囲《かこ》いのなかを行《い》ったり来《き》たりするところからはじめま

した。
　ファイヤーにのったサルビアが先頭《せんとう》になって、一列《れつ》であるきます。つづくデイジーは、ポニーのむきをかえられず、はしまであるいたところで列《れつ》がつまってしまいました。それでも、みんなで練習《れんしゅう》するうちに、さいしょにピュアがレインボーのむきをかえられるようになりました。妖精《ようせい》たちも、ぐんぐん上達《じょうたつ》していますーーブルーベル以外《いがい》は。

というのも、ブルーベルはサルビアのいうとおりにしたくないのです。ポニーにのるのは楽《たの》しいけれど、サルビアが先生役《せんせいやく》だなんて、がまんできません。

「ねえ、先生役《せんせいやく》はうちがやることにしない？」

それをきいたサルビアは、すぐさまファイヤーのむきをかえ、ブルーベルのもとへゆうがに走《はし》らせました。

「それは、だめよ。だって、乗馬《じょうば》レッスンはあたしのアイデアだし、馬《うま》にのったことがあるのは、あたしだけなんだから！」

「だからって、なんでも知《し》ってるわけじゃないじゃん」

「ブルーベル、ブツブツいうのはやめて。ほら、まっすぐすわって、手綱《たづな》はもっとみじかくもって」

サルビアがきっぱりいいます。ブルーベルはまたむっとしました。
いっぽう、ピュアはというと、あこがれのポニーにはじめてのっ
ていることがうれしくて、不安《ふあん》はすっかりふきとんでいました。
ああ、ほんと、夢《ゆめ》みたい！　乗馬《じょうば》レッスンはお金《かね》がかかるから、
ママにいいだせなかったんだ。
ふつうにあるくより少しはやい〈速歩《はやあし》〉をサルビアに教《おそ》わると、
さらにおもしろくなりました。髪《かみ》をなびかせたピュアは思《おも》いきり笑《え》
顔《がお》になりました。楽《たの》しくてたまりません。
とはいえ、動物《どうぶつ》のリズムにあわせて自然《しぜん》に動《うご》ける妖精《ようせい》たちにくら
べて、体《からだ》が上下《じょうげ》に大《おお》きくゆれてしまいます。
そこで、手綱《たづな》をうまくつかいながら、ポニーの上《うえ》で立《た》ったりすわっ

たりをくりかえすやり方《かた》を、サルビアに教《おし》えてもらいました。はじめはうまくいきませんでしたが、すぐにこつをおぼえました。

ほんものの騎手《きしゅ》になったみたい……！

スノードロップはピュアほど楽《たの》しめずにいました。ムーンダストはすぐにかけ足《あし》をしたがるので、何度《なんど》も手綱《たづな》をひいてスピードをおとさなければならないからです。

デイジーがのるサンシャインは、ムーンダストと正反対《せいはんたい》の性格《せいかく》で、なかなか動《うご》こうとしません。やっと動《うご》いても、囲《かこ》いのはしっこにのろのろもどって、草《くさ》を食《た》べはじめてしまいました。

「デイジー、ちゃんとサンシャインにいうことをきかせないとだめでしょ！」

サルビアがよびかけます。けれども、デイジーはあまり気《き》にしていないようです。というより、むしろサンシャインと同《おな》じように、のんびりするのを気《き》に入《い》っているようでした。

レッスンが楽《たの》しかったので、ピュアは夕《ゆう》ごはんの前《まえ》に帰《かえ》るのをあやうくわすれるところでした。もう日《ひ》がくれかけています。そろそろ家《いえ》にもどらなくてはいけません。しぶしぶレインボーからとびおりたピュアは、ありがとうの意味《いみ》をこめて、たてがみをぽんとやさしくたたきました。

みんなにも「もう行《い》かなくちゃ」とつげます。

「あした、学校《がっこう》がおわったらすぐに来《く》るね！『しょうがいひえつきょうぎ』がのっていそうな本《ほん》も、さがしてくるから！」

ピュアはひとりひとりに「またね」のハグをしてから、いそいで妖精《ようせい》ハウスに行《い》きました。ドアノブに手《て》をかけて、魔法《まほう》のことばをとなえ、もとの大《おお》きさにもどります。

家《いえ》につくと、そっとなかに入りました。頭《あたま》のなかは乗馬《じょうば》レッスンのことでいっぱいです。

これなら、競技会《きょうぎかい》にでたときに、少《すく》なくともポニーにのることはできそう。サルビアたちがいてくれて、ほんとうによかった。

それに、もしかしたら……とピュアはさらに思いました。

まだまだかすかな希望《きぼう》だけど……わたし、ティファニーに勝《か》てるかもしれない……！

第3章

こわくて……むり！

つぎの日《ひ》も、学校《がっこう》がおわるとすぐ、ピュアは図書館《としょかん》でかりた本《ほん》をもって妖精《ようせい》ハウスへ行《い》きました。本《ほん》を草《くさ》の上《うえ》においてから、玄関《げんかん》のドアノブに小指《こゆび》をのせて魔法《まほう》のことばをとなえます。体《からだ》が小《ちい》さくなったとたん、ドアをあけてさけびました。

「みんな、ただいま！　競技会《きょうぎかい》について書《か》いてある本《ほん》を見《み》つけたよ！　もくじによると、三十五ページを読《よ》むといいみたい！」

妖精《ようせい》たちがすぐ、玄関《げんかん》にあつまってきました。ピュアは本《ほん》を持《も》ってこられたことがうれしくて、みんなに笑顔《えがお》をむけました。
さっそく外《そと》にでると、本《ほん》のページを一枚《まい》ずつ、五人《にん》でめくってい
きました。なにしろ本《ほん》は、みんなの背《せ》たけよりずっと大《おお》きいのです。
数《すう》ページめくったところで、サルビアが感心《かんしん》していいました。
「どうやらフェアリーランドの競技会《きょうぎかい》とは、少《すこ》しちがうみたいね。
この本《ほん》、かりていい？　そうしたら、あたしがぜんぶ読《よ》んで、人間《にんげん》
の世界《せかい》の競技会《きょうぎかい》について、ちゃんと教《おし》えてあげられるでしょ？」
「もちろん、本《ほん》はひと晩《ばん》、おいていくよ。おねがいね！」
ピュアは心《こころ》から思《おも》いました。
サルビアって、ほんとうにたよりになる！
それからみんなで三十五ページをひらいてページをのぞきこみ、

はっとしました。

サルビアが、声《こえ》にだして読《よ》みあげます。

「『障害飛越競技《しょうがいひえつきょうぎ》では、バーをどんどん高《たか》くしてとびこえる競《きょう》争《そう》をします。バーをおとしてしまったら、失格《しっかく》です。失格《しっかく》にならず、さいごまでのこった人《ひと》が一位《い》となります』」

ピュアはあわててサルビアにいいました。

「そんなのできっこない！　ポニーにのる練習《れんしゅう》をはじめたばかりなのに、どうやってバーをとびこえられるっていうの？」

ブルーベルとスノードロップがいそいで本《ほん》をとじました。これ以上《いじょう》、ポニーにのった女《おんな》の子《こ》が背《せ》の高《たか》い赤《あか》と白《しろ》のストライプのバーをとびこえている写真《しゃしん》をピュアに見《み》せて、不安《ふあん》にさせたくなかったからです。

デイジーがピュアをそっとだきよせて、やさしくいいました。

「だいじょうぶ。競技会《きょうぎかい》なんてでなくていいよ。きけんすぎるもの。ペリドットは別《べつ》の方法《ほうほう》で手《て》に入《い》れればいいんだし」

ピュアは首《くび》を横《よこ》にふりました。そうできたらな、とは思《おも》いましたが、やっぱりあきらめたくありません。

「ありがとう。でも、わたし、挑戦《ちょうせん》したいの。誕生石《たんじょうせき》を手《て》に入《い》れられるチャンスをのがしたくない」

「ピュア、かっこいい！」とブルーベル。

「速歩《はやあし》のこつをすぐにおぼえたんだもの。ジャンプだって、あっというまよ！」

サルビアがはげますようにいいます。

妖精《ようせい》たちはみんなでピュアをぎゅっとだきしめました。

「ピュアは、ほんとうに勇気《ゆうき》がありますね」とスノードロップ。

ピュアは自分《じぶん》にそれほど勇気《ゆうき》があるとは思《おも》えませんでしたが、がんばれるだけがんばろうと、心《こころ》にきめていました。そのためには、ポニーののり方《かた》をなんとしてもおぼえなければいけません。

それからは競技会《きょうぎかい》のことを心《こころ》のすみにおいやって、囲《かこ》いのなかをレインボーにのってすすむことだけに集中《しゅうちゅう》しました。スノードロップがのっているムーンダストのうしろについていきます。

「〈速歩《はやあし》〉はもういいから、〈かけ足《あし》〉をやろうよ！」

ブルーベルがサルビアに声《こえ》をかけました。足《あし》をぶらぶらさせて、いかにもがまんできないといわんばかりです。

けれども、サルビアがきっぱりいいました。

「あとちょっと、速歩《はやあし》を練習《れんしゅう》してからね」

ところが、ブルーベルは速歩《はやあし》なんてもう一秒《びょう》たりともしたくないと思《おも》っていました。もっとはやくポニーを走《はし》らせたいのです。おまけに、サルビアのいうことをすんなりきくなんて、しゃくです。

ブルーベルはプラムの横腹《よこばら》をがつんとけって合図《あいず》をおくりました。

プラムがすぐにかけ足《あし》になり、ほかのみんなをおいぬいていきます。

まっすぐむかっていく先《さき》にあるのは……囲《かこ》い！

「うわー、ぶつかるー！　止《と》めてー！」

プラムがジャンプしたために、ブルーベルは宙《ちゅう》にとばされました。

ひっしに宙返《ちゅうがえ》りをして羽《はね》を動《うご》かしますが、とばされたいきおいを止《と》めることはできません。ブルーベルはそのままおちていき、とうとう水《みず》をはったふろおけのなかに、ボッチャーン！

ピュアたちが、しんぱいしてかけつけると、ブルーベルはぶじで、口《くち》からぴゅーっと水《みず》をふきだしました。とたんに、みんながどっとわらいます。

それからしばらく速歩《はやあし》の練習《れんしゅう》をしたあと、サルビアがみんなにいいました。

「ブルーベルはみんなのために、悪《わる》いかけ足《あし》のお手本《てほん》を見《み》せてくれました。こんどはあたしが、良《よ》いかけ足《あし》のお手本《てほん》を見《み》せます！」

ファイヤーにのったサルビアが、かんぺきなリズムで囲《かこ》いのなかをかけ足《あし》でまわりました。

つづいて、ピュアもやってみました。こんな気分《きぶん》ははじめてです。妖精《ようせい》になってとんだときと同《おな》じくらい、わくわくします。

何度《なんど》かかけ足《あし》を練習《れんしゅう》するうちに、あっというまに帰《かえ》る時間《じかん》になりました。ピュアはみんなに「さよなら」をいってわかれました。

きょうの練習《れんしゅう》も楽《たの》しかったので、ピュアは夕食《ゆうしょく》のあいだじゅう、にこにこしていました。おかげで、ママに「なにかいいことあったでしょ」ときかれてしまい、こうこたえました。

「あ、うん、たいしたことじゃないの。えっと、ポニーのおもちゃをうらの野原《のはら》にもっていって、あそんだんだ。乗馬《じょうば》レッスンをしたりしてね」

ママがぱっと笑顔《えがお》になります。

「楽《たの》しそうねえ。それに土曜日《どようび》の競技会《きょうぎかい》では、ほんもののポニーにのるのよね！」

「うん、きっとすごくおもしろいと思《おも》う」

ピュアはこっそりほほえみました。

ママにはいえないいな。じつはもう、ポニーにのったんだよ、だなんて。

ママは多《おお》くの大人《おとな》と同《おな》じで、妖精《ようせい》がいることをしんじていません。そのため、すがたが見《み》えないのです。魔法《まほう》をかけたおもちゃのポニーにのって妖精《ようせい》から乗馬《じょうば》レッスンを受《う》けたなんて話《はなし》を、まさかほんとうだとは思《おも》わないでしょう。
ピュアにはまだまだおぼえることがありました。
どうか、土曜日《どようび》までにジャンプができるようになりますように。

つぎの日《ひ》の放課後《ほうかご》、ピュアがオークの木《き》にむかって草《くさ》をかきわけながらすすんでいくと、妖精《ようせい》たちはもう練習《れんしゅう》をはじめていました。近《ちか》づいてくるピュアを見《み》つけて、手《て》をふったり、「おかえり！」と声《こえ》をかけたりします。
ピュアも手《て》をふって、妖精《ようせい》ハウスの前《まえ》に立《た》ちました。玄関《げんかん》のドアノブに小指《こゆび》をのせて、魔法《まほう》で小《ち》さくなります。それからすぐに、四人《にん》の友《とも》だちのもとへいそぎました。

デイジーが絵筆《えふで》を手《て》に、二本《ほん》のほそながいぼうを赤《あか》いストライプと青《あお》いストライプにそれぞれぬりわけています。

「わあ、図書館《としょかん》の本《ほん》にでていた、バーにそっくり！」

ピュアがさけぶと、デイジーがうなずきます。ブルーベルがいきおいこんで、いいました。

「うん、うちら、きょうは一日《にち》じゅう、競技会《きょうぎかい》でつかうものをいろいろつくってたんだよ！」

見《み》ると、キッチンにあったプラスチックのいすが外《そと》にだされて、バーと同《おな》じストライプにぬられています。

そのいすのあいだをとおって、レインボーがかけよってきました。

「ただいま！」

ピュアはそういって、レインボーのせなかをぽんとたたくと、たてがみをなでてやりました。ほかのポニーとユニコーンは囲《かこ》いのなかでのんびりすごしています。草《くさ》を食《た》べているポニーもいれば、前《まえ》の日《ひ》にブルーベルがおちた、おけの水《みず》をのんでいるポニーもいます。

思《おも》わず顔《かお》がほころんだピュアは、絵筆《えふで》をとって、デイジーといっしょにバーをストライプにぬりはじめました。

まもなくすべての用意《ようい》がととのうと、五人《にん》は自分《じぶん》の馬《うま》にしっかりブラシをかけ、手綱《たづな》をつけました。さあ、乗馬《じょうば》レッスンのはじまりです。ユニコーンやポニーにのって囲《かこ》いのなかをあるき、ウォーミングアップをしました。

やがて、サルビアが声《こえ》をかけました。

「きょうから競技《きょうぎ》の練習《れんしゅう》をするわよ！　誕生石《たんじょうせき》を手《て》に入《い》れるには、ティファニーを負《ま》かすしかないんだから、やり方《かた》をおぼえないとね！」

ピュアはゴクリとつばをのみこみました。競技会《きょうぎかい》では、バーをとびこえなければなりません。いよいよジャンプの練習《れんしゅう》がはじまるのです。

不安《ふあん》な気持《きも》ちは大《おお》きくなるばかりですが、ピュアはがんばろうと心《こころ》にきめていました。友《とも》だちのために……！

サルビアがファイヤーからさっととびおりると、競技《きょうぎ》でとびこえるバーのじゅんびをはじめました。はなしておいた二きゃくのいすの背《せ》に、青《あお》いストライプのバーをのせます。いすの下《した》の地面《じめん》にも、赤《あか》いストライプのバーをおきます。赤《あか》いバーをおくのは、とびこえる場所《ばしょ》を目《め》だたせるためです。

五人《にん》はそれぞれユニコーンやポニーにのって、一列《れつ》にならびました。

さいしょにサルビアが、みんなにお手本《てほん》を見せます。ファイヤーにのって走《はし》りだすと、なんなくバーをとびこえ、むこうがわに着地《ちゃくち》しました。

つぎはやる気《き》まんまんのブルーベルです。プラムをバーまで走らせて、うまくジャンプ！　着地《ちゃくち》のときに大《おお》きくよろけてしまいましたが、バーはおとしていません。失格《しっかく》にならずにすんだのです。

スノードロップとムーンダストも挑戦《ちょうせん》しました。ムーンダストがかるがるとジャンプして、大成功《だいせいこう》！　けれど、あまりにも高《たか》いジャンプだったので、ムーンダストの首《くび》にしがみついたスノードロップは生《い》きた心地《ここち》がしませんでした。

「わすれてたわ！　ユニコーンってジャンプがとくいなのよね」とサルビア。

スノードロップはやっとのことで、息《いき》をつきました。

「ムーンダストにのって競技会《きょうぎかい》にでられたら、かんたんにティファニーに勝《か》てるのにな」

そういって、ピュアが思《おも》わずため息《いき》をつくと、みんながクスクスわらいます。

「ピュアがユニコーンにのって登場《とうじょう》したときの、ティファニーの顔《かお》を見《み》てみたいよねー」とブルーベル。

ユニコーンにのって勝負《しょうぶ》するなんて、楽《たの》しい想像《そうぞう》です。でももちろん、みんなは本気《ほんき》ではありませんでした。誕生石《たんじょうせき》は、正々堂々《せいせいどうどう》と勝負《しょうぶ》して、手《て》に入《い》れないといけません。魔法《まほう》で大《おお》きくしたユニコーンが出場《しゅつじょう》したら、競技会《きょうぎかい》に来《き》た人《ひと》たちみんながびっくりしてしまいます。なにより、魔法《まほう》をつかって勝《か》っても、それではズルをしたことになるでしょう。

さて、つぎはデイジーです。サンシャインはバーまで速歩《はやあし》でトコトコ近《ちか》づくと、そのままぽとんとバーをけおとしてしまいました。

「デイジー、バーを地面《じめん》におとしたから、失格《しっかく》よ」とサルビア。

けれど、デイジーはにこっとしただけで、そればかりか、サンシャインが草《くさ》を食《た》べられるように、手綱《たづな》をゆるめてやりました。デイジーもサンシャインも、バーをとびこえることなんて、気《き》にしていないようです。

いよいよ、ピュアの番《ばん》になりました。大《おお》きく息《いき》をすいこみます。

ああ、もう、先《さき》のばしにはできないんだ……。みんなはジャンプしおわって、のこっているのはわたしだけ……！

ピュアは勇気《ゆうき》をかきあつめると、レインボーの横腹《よこばら》をけって合図《あいず》をおくりました。すぐにレインボーがかけだして、目《め》の前《まえ》にバーがせまってきます。

今《いま》だ！

ところが、ジャンプする直前《ちょくぜん》でこわくなり、ピュアは思《おも》わず手綱《たづな》をひいてしまいました。レインボーが、バーをよけてとおりすぎます。

サルビアはピュアの気持《きも》ちがよくわかったので、「もう一どやってみて！」といいました。そこで、ピュアはまた挑戦《ちょうせん》しましたが……やっぱり、ジャンプする直前《ちょくぜん》で手綱《たづな》をひいてしまったのです。

ピュアの手《て》はふるえ、心臓《しんぞう》はばくばくいっていました。

「ジャンプしないといけないって、わかってるの。でも、こわくて……むり。どうしたらいいんだろう？」

「こわいって思《おも》いつめてると、よけいにできなくなるんじゃないかしら。息《いき》ぬきに、競技会《きょうぎかい》でやるゲームをしてみない？」

サルビアのことばに、ピュアは少《すこ》し安心《あんしん》して、うなずきました。

競技会《きょうぎかい》では、バーをとびこえるだけでなく、ポニーにのっていろんなゲームもすることになっています。そこで、当日《とうじつ》におこなわれそうなゲームをみんなでやってみました。

まずは、いすとりゲーム。人数《にんずう》よりひとつ少《すく》ない数《かず》のいすをまるくならべて、そのまわりをポニーやユニコーンにのったまま、サルビアがうたう妖精《ようせい》の歌《うた》にあわせてまわります。そして歌《うた》が止《と》まったとたん、みんなはポニーやユニコーンからとびおりて、ダッシュでいすにすわります。すわれなかった子《こ》がアウト。いすをひとつずつへらしていって、さいごにのこった子《こ》が勝《か》ちです。

いすとりゲームはおもしろくて、ブルーベルもごきげんでした。さいしょにアウトになってももんくをいわず、サルビアの歌《うた》にくわわったほどです。

8《はち》の字《じ》レースというゲームもしました。いすを三つずつ二列《れつ》にならべ、ユニコーンやポニーにのったふたりが、いすのあいだを8《はち》の字《じ》をえがくようにすすんで、行《い》ってもどってきます。はやくもどれたほうが勝《か》ちです。

ひと組目《くみめ》のピュアとブルーベルは、ほぼ同時《どうじ》にゴール。ふた組目《くみめ》のスノードロップとデイジーは、ムーンダストがものすごいスピードですすんだので、スノードロップがかちました。

さいごに挑戦《ちょうせん》したのは、フラッグレース——はたをはやくとった人《ひと》が勝《か》ちというゲームです。こんどはデイジーが審判《しんぱん》をやるといったので、サルビアがゲームに参加《さんか》できることになりました。

レースはふたりずつできそいます。囲《かこ》いのはしにたっているカラフルなはたを、ユニコーンやポニーにのったまま一本《ほん》ずつとって、もとの場所《ばしょ》にはやくもどったほうがかち。

まずはピュアとスノードロップがスタートしました。それぞれはたをつかんで、もどります。スタート地点《ちてん》についたとたん、そこでまっていたサルビアとブルーベルがいきおいよくとびだしました。

ふたりとも、まけるもんかとひっしです！

フラッグレースはとてももりあがり、何度《なんど》も何度《なんど》もやりました。

気《き》がつくと、ピュアはレースを心《こころ》から楽《たの》しんでいました。猛《もう》スピー

ド で 走《はし》ることも、はたをつかんだと同時《どうじ》に、くるりとむきをかえてもどることもです。

ひとしきりレースをしたあと、休《きゅう》けいをとって息《いき》をつきました。そこでふと、ピュアはしんこくな問題《もんだい》があることを思《おも》いだしました。まだジャンプができるようになってない、ということです。けれども、一時間後《じかんご》にジェーンおばさんの家《いえ》に行《い》くやくそくをママとしているので、きょうはもう、ジャンプの練習《れんしゅう》をする時間《じかん》がありません。

ピュアは、練習《れんしゅう》ができなくてくやしいのと同時《どうじ》に、どこかでほっとしているふくざつな気持《きも》ちをかかえて、囲《かこ》いをあとにしました。

あくる日《ひ》も、ピュアは学校《がっこう》からもどるとすぐ、妖精《ようせい》ハウスへいそぎました。あしたはいよいよ本番《ほんばん》の競技会《きょうぎかい》。ピュアにとってはもう、これがジャンプを練習《れんしゅう》するさいごのチャンスです。

妖精《ようせい》ハウスの前《まえ》で魔法《まほう》のことばをとなえ、小さくなると、ピュアはまっすぐ囲《かこ》いへ行《い》きました。

ほかの四人《にん》はすでにユニコーンやポニーにのって、ウォーミングアップをしています。ピュアはみんなに声《こえ》をかけました。

「ただいま！　きょうはさいごの練習《れんしゅう》だから……わたし、なんとかジャンプを成功《せいこう》させたい！」

「ピュア、がんばって！」

「うちら、協力《きょうりょく》するよ！」

みんなが口《くち》ぐちにはげましてくれます。

ピュアはきりっと背《せ》すじをのばすと、レインボーにあゆみより、鞍《くら》をつけました。

すでにジャンプ用《よう》のバーはじゅんびされていました。あとはピュアがやってみるだけです。

さっそくレインボーにのると、バーめがけて走《はし》りだしました。けれどもやっぱり、バーの直前《ちょくぜん》で、こわくなって手綱《たづな》をひいてしまいます。もういちど、もういちどと何度《なんど》もやってみますが、どうしてもジャンプできません。失敗《しっぱい》するたびに、あせりはどんどん大《おお》きくなっていきます。

何度目《なんどめ》かのちょうせんのとき、ピュアはなんとか手綱《たづな》をひかないようにしました。けれど、あまりにもこわくて、目《め》をつぶりながら「キャーッ！」とさけんでしまったのです。おどろいたレインボーはジャンプをせず、バーにぶつかっておとしてしまいました。

うなだれるピュアに、サルビアがいいました。

「がっかりすることないわ。はじめて手綱《たづな》をひかずにすすめたんだから！　すごいわよ！」

サルビアはピュアをはげましたい一心《いっしん》でした。あと少《すこ》しでピュアはきっとジャンプできるわ！　としんじていたのです。ところがそのとき、ママの声《こえ》がしました。

「ピュア、夕《ゆう》ごはんよ！」

もう時間切《じかんぎ》れです。

ピュアはレインボーからおりると、やさしく首《くび》をたたきました。

「レインボー、ありがとう。あなたはすごくじょうずだった。悪《わる》いのは、勇気《ゆうき》をだせないわたし……」

競技会《きょうぎかい》はもうあしたなのに、けっきょく一どもジャンプできなかった。どうしたらいいんだろう……？

「ねえ、みんな、わたしがジャンプできるように、魔法《まほう》をかけることってできないかな……？」

けれどもみんなは首《くび》を横《よこ》にふりました。

「それじゃあズルしたことになっちゃうわ。それに、わたしたちにはそんなに大《おお》きな魔法《まほう》はかけられないの」とデイジー。

けれども、ピュアはまだあきらめきれません。ひっしの思《おも》いでサルビアにいいました。

「じゃあ、サルビアが魔法《まほう》で大《おお》きくなって、わたしのかわりに競技《きょうぎ》会《かい》にでるっていうのは？　前《まえ》にブルーベルが大《おお》きくなって、わたしのかわりに学校《がっこう》に行《い》ったでしょ？　あんなふうにするの」

サルビアはピュアをぎゅっとだきしめました。

「それはできないわ。だってティファニーが挑戦《ちょうせん》したのは、ピュアなんだから。ピュアが自分《じぶん》で受《う》けなくちゃ、ね？　たとえあたしが競技会《きょうぎかい》で勝《か》ったとしても、ティファニーからリングをもらうことはできない。なにより、そんなふうにして勝《か》ったって、うれしくないでしょ？」

ピュアはふうっと息《いき》をはきました。サルビアのいうとおりです。

ピュアが自分《じぶん》でやるときめたことなのです。競《きょう》技会《ぎかい》にでて、やってみるしかありません。

「そうだね。わたし……がんばる！」

ピュアはひとりひとりをだきしめて、力《ちから》をわけてもらいました。

「じゃあ、またあした！」

みんなにわかれをつげ

たピュアは、魔法《まほう》でまたもとの大《おお》きさにもどって、帰《かえ》り道《みち》をあるきだしました。元気《げんき》をだそうと前《まえ》をむきますが、あしたのことを考《かんが》えると、やっぱりため息《いき》がもれました。

夕食《ゆうしょく》のあと、ピュアはママに「おやすみ」をいって、いつもよりはやく自分《じぶん》の部屋《へや》にもどりました。どうしても気持《きも》ちがおちつきません。ベッドに入《はい》ってからも、しばらくは不安《ふあん》が頭《あたま》のなかをぐるぐるうずまいていました。

あした、どうかティファニーに勝《か》てますように。ううん、それより……ちゃんとバーをとびこえられますように……！

第4章

あばれ馬《うま》にのって

競技会《きょうぎかい》の日《ひ》。

朝《あさ》はやく、ティファニーがピュアをむかえにきました。馬《うま》をはこべる大《おお》きな車《くるま》で、うしろの荷台《にだい》に自分《じぶん》のポニーをのせています。

運転席《うんてんせき》と助手席《じょしゅせき》のある一列目《れつめ》のほかに、後部座席《こうぶざせき》もちゃんとあります。

運転席《うんてんせき》には、ティファニーの乳母《うば》。ピュアは後部座席《こうぶざせき》にひとりですわるように、いわれました。ティファニーは「前《まえ》じゃなきゃいや！」といいはって、助手席《じょしゅせき》にすわっています。ピュアとしては、そのほうがうれしいくらいでしたけど。

はじめてほんもののポニーにのれるのは楽《たの》しみなのですが、競技《きょうぎ》会《かい》のことを考《かんが》えると、不安《ふあん》で気分《きぶん》が悪《わる》くなりそうでした。あいているまどから外《そと》をながめて気《き》をまぎらわします。ふいに、「あっ！」と声《こえ》をあげそうになって、あわててのみこみました。

妖精《ようせい》たちが車《くるま》をおいかけてきたのです。とびながら、ピュアに手《て》をふって合図《あいず》しています。ピュアはまどからさっと四人《にん》をなかにひきいれました。みんな、ハアハアしながらピュアのひざの上《うえ》でぐったりしています。ふだんとはまったくちがう猛《もう》スピードでとんできたからです。

やがてブルーベルがにんまりして、いいました。

「びっくりした？　うちら、ピュアのようすを見《み》にきたんだよ！」

ピュアはうれしくて、思《おも》わず笑顔《えがお》になりました。友《とも》だちがおうえんにかけつけてくれたのです。これならきっと、楽《たの》しい一日《にち》になるはずです。

「それに、競技会《きょうぎかい》では乗馬用《じょうばよう》のかっこうをしなくちゃね？　そのジーンズやスニーカーじゃ、ふんいきでないわ」

サルビアはそういうと、ほかの妖精《ようせい》たちといたずらっぽい笑《え》みをかわしました。それから、フェアリーパウダーをとりだして、ピュアの服《ふく》にかけたのです。

たちまち、ピュアのT《ティー》シャツとジーンズは、ピンクとラベンダー色《いろ》の、かわいくてすてきな乗馬服《じょうばふく》になりました。ほかにも、乗馬用《じょうばよう》のぼうしや、ぴかぴかの黒《くろ》い乗馬用《じょうばよう》のブーツなど、ひつようなものが一式《いっしき》そろっています。ピュアはしんじられない思《おも》いで、自分《じぶん》の着《き》ている服《ふく》を見《み》おろしました。

デイジーがこそっといいました。

「シンデレラじゃなくて、ピュアデレラ、これで舞踏会《ぶとうかい》じゃなくて、競技会《きょうぎかい》へ行《い》きなさい！」

みんながクスクスわらいだします。とたんに、ティファニーがくるっとふりむいたので、妖精《ようせい》たちはぱっと座席《ざせき》の下《した》にかくれました。ティファニーはびっくりして、目《め》を丸《まる》くしました。いつのまにか、ピュアがおしゃれな乗馬服《じょうばふく》に着《き》がえていたからです。

「ちょっとその服《ふく》どうしたの？　あんたの、あの古《ふる》くさいジーンズは？」

「えっと、いそいで着《き》がえたの。この服《ふく》は、バッグのなかに入《い》れてきたんだ。えっと、リサイクルショップで買《か》ったんだよ。うん、そう、だからこれ古着《ふるぎ》なんだ」

どこで服《ふく》を手《て》に入《い》れたのかきかれるかもしれないと思《おも》い、ピュアは先《さき》にいっておきました。

「ふーん。そのかっこうなら、それらしく見《み》えるかもね。でも、あたしに勝《か》つのはむりだから」

ティファニーははきすてるようにそういうと、ぷいっとまた前《まえ》をむきました。

ピュアは現実《げんじつ》を思《おも》いだし、とたんにドキドキしてきました。小声《こごえ》でこそっと「やっぱりむり。わたし、できない」とつぶやきます。

すると、妖精《ようせい》たちがかくれていた場所《ばしょ》からふわりととんできてくれました。

「だいじょうぶ。楽《たの》しんじゃえばいいの」

デイジーがやさしく声《こえ》をかけました。

ブルーベルもむじゃきにはげまします。

「人間《にんげん》の世界《せかい》と妖精《ようせい》の世界《せかい》の未来《みらい》は、きょうのピュアにかかってるんだから、がんばって！」

「ブルーベル、いいすぎです！　それじゃあ、プレッシャーがかかっちゃいます」

スノードロップがあわてててとめました。

けれど、ピュアにもわかっていました。ブルーベルのいうとおり、競技会《きょうぎかい》に勝《か》てば、オークの木《き》をすくうための誕生石《たんじょうせき》がひとつ、手《て》に入《はい》るのです。

乗馬《じょうば》クラブにつくと、車《くるま》は止《と》まりました。ティファニーはさっさと車《くるま》をおりて、競技会《きょうぎかい》がおこなわれる運動場《うんどうじょう》のトラックにむかってあるいていきます。ピュアをまとうともしません。

「ありがとうございました」

運転《うんてん》してくれた乳母《うば》にお礼《れい》をいうと、ドキドキしながらピュアも車《くるま》をおりました。まずは、すぐそばの事務所《じむしょ》に行《い》ってみます。妖精《ようせい》たちも、ほかの人《ひと》に見《み》つからないよう、ピュアのだいぶ上《うえ》をとびながらついてきます。

事務所《じむしょ》のドアをあけるとすぐ、机《つくえ》のそばにティファニーがたっているのが見《み》えました。思《おも》わずドアのかげにさっとかくれて、ようすをうかがいます。妖精《ようせい》たちはしずかになかへ入《はい》っていくと、天井《てんじょう》のはりにおりたって、かくれました。

ティファニーが用紙《ようし》に書《か》きこみながら、ブツブツいっています。

「ピュアは自分《じぶん》のポニーをもってないから、乗馬《じょうば》クラブのポニーをあたしがえらんでもうしこんでおこうっと。ブラックって名前《なまえ》の、すごいあばれ馬《うま》がいいや。ようやくのれても、ぽーんとなげだされて、トラックに入《はい》ることもできないはず。いい子《こ》ちゃんのピュアが大失敗《だいしっぱい》なんて、いい気味《きみ》。あたしのペリドットのリングをもらおうなんて、百年《ひゃくねん》はやいよ」

それから、クククといじわるくわらいながら、ティファニーは用紙《ようし》を事務所《じむしょ》にだして、でていきました。

なんとかティファニーに見《み》つからずにはすみましたが、ピュアはいかりで息《いき》ぐるしくなっていました。

ティファニーって、どこまでずるいの！　わたしが失敗《しっぱい》するように、あばれ馬《うま》をエントリーさせるなんて。もっとはやく気《き》づくべきだった。ティファニーなら、なにかたくらむにちがいないってことを……！

ピュアはすっかりこわくなってしまいました。前《まえ》の日《ひ》にふるいたたせた勇気《ゆうき》も、しぼみはじめています。天井《てんじょう》のはりからみんながおりてきたので、ピュアは友《とも》だちの笑顔《えがお》を見《み》れば勇気《ゆうき》がわくかもと思《おも》い、顔《かお》をのぞきこみました。ところが、だれもがしんぱいそうにまゆをよせています。サルビアまで、しんこくそうな顔《かお》をしています。

ピュアはゴクリとつばをのみこみました。

ああ、いやな予感《よかん》……！

それから五人《にん》は馬小屋《うまごや》のとびらのすきまから、ブラックをさがしました。

いました！　まっ黒《くろ》なポニーで、体《からだ》をふるわし、見《み》るからにおちつかないようすです。五人《にん》はふるえあがりました。

それでもピュアは勇気《ゆうき》をだして、とびらをあけ、一歩《ぽ》ふみこみました。そのとたんブラックが「ブルルル！」と鼻《はな》をならし、歯《は》をむきだし、地面《じめん》をけりあげたのです。

「キャア！」

ピュアはすぐにとびらの外《そと》へとびのきました。するとそこに、ティファニーがにやにやしながら立《た》っているではありませんか。

「そいつがあんたののるポニーなの？　どうだった？」

ティファニーが、なにも知《し》らないふりをして、たずねます。

ピュアはかっとなりました。

「かってにもうしこんだのは、あなたでしょ？　のれるわけないじゃない！」

けれど、ティファニーはフンと鼻《はな》をならして、こういっただけでした。

「じゃあ、競技会《きょうぎかい》に参加《さんか》するの、やめれば？」

ティファニーがさっさと大《おお》またであるきだしました。そのとき、ピュアの目《め》のはしに、妖精《ようせい》たちがうつりました。ティファニーの頭《あたま》にフェアリーパウダーをふりかけて、魔法《まほう》のことばをとなえているようです。

なにも気《き》づかないティファニーがそのまま馬小屋《うまごや》からでていってしまうと、ピュアは「いったいなにをしたの？」とみんなにききました。

ブルーベルがクスクスわらいながら、こたえます。

「べつになーんにも！　ちょっとした妖精《ようせい》の魔法《まほう》をかけただけ」

またいたずらしたんじゃ……と不安《ふあん》になったピュアは、四人《にん》を横《よこ》目《め》でじーっと見《み》たあと、ききました。

「じゃあ、どんな妖精《ようせい》の魔法《まほう》をかけたの？」

けれど、みんなはにんまりするばかりで、ますます楽《たの》しそうです。

デイジーがさらりといいました。

「たいしたことじゃないの。ティファニーが正々堂々《せいせいどうどう》と勝負《しょうぶ》して、負《ま》けたらちゃんとリングをわたすようにって」

「それより、ほら、ピュア、ブラックのお手入《てい》れをしてあげよう。

もうあまり時間《じかん》がないし」

サルビアのていあんに、ピュアは目《め》をまるくしました。

「そんなのむり！　馬小屋《うまごや》にだって入《はい》れないいんだから！」

サルビアがうなずきます。

「うん、気持《きも》ちはわかるけど、だいじょうぶ。まず、あたしがなかに入《はい》って、ブラックにちょっとことばをかけてみるわ」

ピュアは首《くび》をかしげました。

「ことばをかける？　それってつまり……ポニーと話《はな》すってこと？」

サルビアはただにこっとするだけで、馬小屋《うまごや》のなかにとんでいってしまいました。けれどもそのとき、サルビアの羽《はね》がいつもとちがうふうにふるえているのを、ピュアは見《み》のがしませんでした。サルビアだって、こわいのです。

のこった四人《にん》は馬小屋《うまごや》のとびらから、ようすを見《み》ていました。

サルビアはゆっくりとブラックのそばまでとんでいき、水《みず》の入《はい》ったバケツにそっとおりました。

ブラックがあばれてバケツをけっちゃったらどうしよう？　それか、水《みず》をのもうとして、サルビアをのみこんじゃったら？

そんなピュアのしんぱいをよそに、ブラックは大《おお》きな頭《あたま》をひくくさげ、サルビアにむかって「ブルルル！」と鼻《はな》をならしました。

「気《き》をつけて」

思《おも》わず、ピュアは小声《こごえ》でいいました。サルビアはベルベットのようなたてがみをつかんでのぼっていき、たいらな頭《あたま》の上《うえ》でうつぶせになると、ブラックの耳《みみ》に自分《じぶん》の顔《かお》をよせました。そして、そっとなにかを話《はな》しはじめたのです。

とても小《ちい》さな声《こえ》でことばはききとれません。でも、ブラックのほうが何度《なんど》も鼻《はな》をならしてサルビアになにかをうったえているようすは、見《み》てとれました。

やがてサルビアが、みんなにむかっておちついた声《こえ》でいいました。

「ブラックはね、足《あし》をけりあげたり、のせた人《ひと》をおとしたりしてばかりいるから、もうすぐよそへ売《う》られてしまうんですって」

ピュアはびっくりして、思《おも》わず身《み》をかたくしました。ブラックにしてみれば、よそにうられるなんて、とてもつらいことにちがいありません。

「でも、あらっぽいポニーを買《か》いたいっていう人《ひと》はいないみたい」

そういいながら、サルビアがブラックの耳《みみ》をやさしくなでています。

ささやくように話《はな》しかけられたブラックがまた、鼻《はな》をならしてこたえます。その音《おと》はどんどんよわよわしくなって、しまいには「ヒーン」というかなしげないななきになりました。ブラックはサルビアにすっかり気《き》をゆるして、体《からだ》の力《ちから》をぬいています。

ピュアは思《おも》いました。

さっきまであんなにあらっぽかったブラックが、すっかりおとなしくなってる。フェアリーパウダーをふりかけたわけじゃないのに、まるでとくべつな魔法《まほう》を見《み》てるみたい……！

ブラックのいったことを、サルビアがみんなに教《おし》えてくれました。

「ブラックはただ、さびしくてつまらなかったから、いたずらをしただけなんだって。それがだんだんと、エスカレートしちゃったみたいなの」

「ブラック……たぶん、飼《か》い主《ぬし》さんからの愛情《あいじょう》がたりなかったんですね。かわいそうに」とスノードロップ。

けれども、ピュアはこまってしまいました。

「わたしにもいたずらするよね……？」

すると、サルビアがにこにこしながらいいました。

「それはだいじょうぶ。ブラックがやくそくしてくれたわ。競技会《きょうぎかい》ではピュアのために、がんばるって」

それをきいてやっと、ピュアはブラックの身《み》になって考《かんが》えられるようになりました。さびしくてつまらない、という気《き》持《も》ちなら、ひっこしてきたばかりのとき、ピュアもあじわったことがあります。妖《よう》精《せい》たちと友《とも》だちになるまでは、ひとりぼっちであそんで、何時間《なんじかん》もすごしていたのですから。

「それとね、ブラックはこのつまらない乗馬《じょうば》クラブをでて、自分《じぶん》を愛《あい》してくれるとくべつな友《とも》だちを見《み》つけたいんですって」

サルビアがつけたしました。

「やさしい女《おんな》の子《こ》がいいな、ともいってるわ」

これには、みんなもクスリとわらってしまいました。

ブラックはもう、すっかりリラックスしていました。サルビアがもういちど耳《みみ》をなでてから、みんなのもとへもどると、ブラックはほし草《くさ》をのんびりと食《た》べはじめました。

そのようすを、ピュアはじっと見《み》ていました。

やっぱり完全《かんぜん》には安心《あんしん》できませんが、それでもブラックをしんじるしかないのです。ピュアはほとんど息《いき》をするのもわすれ、勇気《ゆうき》をふりしぼり、とびらをそっとひらくと、一歩《ぽ》なかへふみこみました。

こんどは、ブラックはさわぎませんでした。

それどころか、おそるおそるさしだしたピュアの手《て》に鼻《はな》づらをすりつけ、あいさつしてくれたのです。そのあと、せなかをやさしくたたいて合図《あいず》すると、いっしょに小屋《こや》の外《そと》の少《すこ》し広《ひろ》い場所《ばしょ》にでて、手綱《たづな》や鞍《くら》をつけるあいだ、おとなしくしてくれました。

まもなく、ピュアはブラシをかけて、ブラックの黒《くろ》い毛《け》なみの体《からだ》をつやつやにしてやりました。つづいて、たてがみとしっぽにリボンをあみこみます。できあがったすがたを見《み》て、ピュアはほれぼれしました。

「わあ、世界一《せかいいち》ハンサムなポニーになったね！」

すると、すかさずサルビアがピュアに指示《しじ》をだしはじめました。

「手綱《たづな》をひいて、ブラックのむきをかえて。うん、それでいいわ。

そしたら、ブラックにのって。まっすぐすすんで」
ピュアはいわれるがままに、ブラックにとびのると、前《まえ》へすすんでいきました。

ついた先《さき》は、トラックのなか。競技《きょうぎ》にでる子《こ》がポニーにのってあつまるスペースです。ピュアの心臓《しんぞう》はばくばくいっていましたが、気持《きも》ちをおちつけようとして、横《よこ》をとおりすぎるライバルたちに「がんばってね」と声《こえ》をかけました。だれもがにっこり笑顔《えがお》になって、「あなたもね」といってくれました。

けれどもちろん、いわなかった子《こ》がひとりだけいます。ティファニーです。ティファニーは、ピュアがブラックにのっているのを見《み》て、おどろいたようでしたが、すぐさまにやりとして、いいました。

「ふーん。どうにか、のれたみたいじゃん。でも、すぐにふりおとされると思《おも》うけどね！」

ピュアは、気《き》にしないことにして、へんじをしませんでした。

いよいよ、競技会《きょうぎかい》のはじまりをつげるホイッスルの音《おと》がひびきました。まずは、ピュアが妖精《ようせい》たちと練習《れんしゅう》したのとそっくりのゲームがいくつかおこなわれます。

ティファニーの予想《よそう》は、はずれました。

けっきょく、ピュアはブラックにのったままでいられたのです。どのゲームでもブラックはとてもすなおで、ピュアのいうことをきちんときいて、がんばってくれました。

ピュアの不安《ふあん》はなくなり、いつのまにか競技会《きょうぎかい》を心《こころ》から楽《たの》しんでいました。さらに、妖精《ようせい》たちがおうえんしてくれていることに気《き》づくと、ますます絶好調《ぜっこうちょう》になりました。四人《にん》はすぐそばのさくの上《うえ》にすわって、かざってあるはたの一枚《まい》一枚《まい》にかくれながら、こちらを見《み》ています。

8の字《はちじ》レースでは、三角《さんかく》コーンのあいだを8の字《はちじ》をえがくようにすすんで、はやさをきそいます。妖精《ようせい》たちとの練習《れんしゅう》では三角《さんかく》コーンのかわりにいすをつかいましたが、やることは同《おな》じです。ピュアとブラックは、なんと三位《い》！ ティファニーのショックを受《う》けた顔《かお》といったら……！ ピュアはむねがすっとしました。

そのあとは、フラッグレースもおこなわれました。ピュアはもうひとりの女《おんな》の子《こ》と同時《どうじ》にゴールして、二位《い》！ これにはショックをとおりこして、ティファニーはイラついていました。

ゲームがすべておわると、競技会《きょうぎかい》の第《だい》一部《ぶ》は終了《しゅうりょう》です。みんながポニーをおりて水《みず》をのみました。

すかさずティファニーがやってきて、ピュアにいいました。

「あのブラックにどうやっていうことをきかせたのかわかんないけど、そろそろむりだから。このあとは、また前《まえ》にみたいにあばれて、あんたはせなかからほうりだされる。ざんねんでしたー！」

いじわるなことばです。ピュアはむしすることにきめましたが、またしても不安《ふあん》な気持《きも》ちがふくらみはじめました。トラックにジャンプのバーが設置《せっち》されるのを見《み》ていると、きんちょうで、おなかのなかがひっくりかえりそうになってきます。

ピュアは心《こころ》のなかでつぶやきました。

ブラックがおとなしくいうことをきいてくれたとしても、いちどもとべたことのないバーを、どうやってとびこえたらいいの？

ううん、それより先《さき》に、バーまで走《はし》っていく勇気《ゆうき》を、どうやって
かきあつめたらいいいの？

第5章
たたかう勇気《ゆうき》

障害飛越競技《しょうがいひえつきょうぎ》にでる子《こ》たちは、ポニーにのってトラックの前《まえ》に集合《しゅうごう》しました。競技《きょうぎ》は年齢別《ねんれいべつ》におこなわれるので、ピュアのグループにはティファニーのほかに、ソフィーとビーという女《おんな》の子《こ》があつまりました。

バーが設置《せっち》されるのをまっているあいだ、ソフィーとビーが自己紹介《じこしょうかい》してくれました。ふたりが障害飛越競技《しょうがいひえつきょうぎ》を何度《なんど》もやったことがあるときいて、ピュアはますます不安《ふあん》をおさえきれません。

いよいよ審判《しんぱん》がホイッスルをならしました。

みんながたて一列《れつ》にならびます。ピュアたちのグループは、ソフィー、ピュア、ティファニー、ビーというじゅんばんです。

さいしょに挑戦《ちょうせん》するのは、とてもひくいバーでした。コースには大《おお》きなカーブがあり、そこをまがるとバーまでは一直線《いっちょくせん》です。審判《しんぱん》の合図《あいず》とともに、ひとりずつポニーを走《はし》らせ、バーをとびこえます。

ソフィーはあっさり成功《せいこう》しました。

つぎはピュアの番《ばん》です。

ひとまず、大《おお》きく深呼吸《しんこきゅう》。気持《きも》ちをおちつけると、ピュアはブラックに「おねがいね」とささやきました。それから心《こころ》を強《つよ》くもって、キッとまっすぐ前《まえ》を見《み》ます。

意《い》をけっして横腹《よこばら》をかるくけると、ブラックが走《はし》りだしました。

いよいよジャンプ、というとき、ピュアは思《おも》わず「うっ！」と目《め》をつぶってしまいました。けれどもブラックはなんなくとびこえてくれたのです。バーはおちていません。

とてもひくいバーだったので、それほどむずかしいことではありませんでしたが、とにかく大成功《だいせいこう》！

さくの横《よこ》をとおりすぎるとき、かくれていた妖精《ようせい》たちがいっせいに拍手《はくしゅ》をしてくれました。ピュアはなんとかよわよわしい笑顔《えがお》をかえします。

はじめてジャンプできたことはうれしいけれど、心臓《しんぞう》はまだドキドキしていました。このまま、さいごまで成功《せいこう》させなければなりません。

バーの高《たか》さがあげられました。また四人《にん》がたて一列《れつ》にならびます。
一番手《ばんて》は自信《じしん》のありそうなソフィーでしたが、ゆだんしたので
しょう。かけだしたところまではうまくいったものの、ふみきる場《ば》
所《しょ》をまちがえて、手前《てまえ》でとんでしまいました。バーがポニーの足《あし》に
あたって地面《じめん》におちます。
ティファニー以外《いがい》のみんなが、自分《じぶん》のことのようにショックを受《う》
けて、はっと身《み》をかたくしました。ソフィーが失格《しっかく》になったことに
心《こころ》がいたみますし、ひとごとではありません。
ピュアはなんとか気持《きも》ちをおちつけて、二番目《ばんめ》に挑戦《ちょうせん》しました。
こんどは目《め》をつぶりません。ブラックを走《はし》らせ、いきおいをつけ
て、そのままバーをジャンプ！

みごと、むこうがわに着地《ちゃくち》して、そのまま走《はし》りぬけました。

つづくティファニーとビーも成功《せいこう》です。これで三人《にん》がのこったことになります。

バーの高《たか》さがあげられるのをまっているあいだ、ピュアは手《て》をのばしてブラックの首《くび》をぽんぽんたたきました。じょうずにとんでくれてありがとう、という気《き》持《も》ちをつたえたかったのです。

ブラックがうれしそうに「ブルルッ」と鼻《はな》をならしてこたえます。

少《すこ》し前《まえ》までいたずらばかりして、あれていたのが、うそのようです。

ブラック自身《じしん》がこの競技《きょうぎ》を楽《たの》しんでいるのがわかります。

ところが、ブラックがすなおになったことをおもしろく思《おも》わない人《ひと》が、ひとりだけいました。ティファニーです。

バーのじゅんびができて、一番手《ばんて》のピュアがブラックを走《はし》らせはじめたとき――。

「あぶない！　ピュアの頭《あたま》にハチがとまってる！」とティファニーがさけびました。

いっしゅん、ピュアはびっくりしてあわてましたが、すぐに気《き》がつきました。

これはきっと、ティファニーのうそ。乗馬用《じょうばよう》のぼうしをかぶっているんだから、頭《あたま》は安全《あんぜん》なはず。わたしを失敗《しっぱい》させようとしてるんだ……！

だったら、ぜったいにまけられない！　このジャンプ、成功《せいこう》させてみせる！

ピュアはそのままブラックを走《はし》らせて……ジャンプ！　みごと、バーをとびこえました。

そのあと、ティファニーとビーも成功《せいこう》し、またバーの高《たか》さがあげられました。

ピュアはブラックのたてがみをなでながら、声《こえ》をかけました。

「ブラック、そのちょうし！　わたしたちがすごいところを、みんなに見《み》せようね！」

自信《じしん》をつけたピュアが、さっきよりブラックをはやく走《はし》らせます。そしていきおいにのってバーをかるがるとびこえました。

やった！　わたしたち、またジャンプできた！

きんちょうやよろこびがごちゃまぜになって、ドキドキはまだ止《と》まりませんが、ピュアはやっと笑顔《えがお》になれました。

ティファニーもビーも、バーをこえ、勝負《しょうぶ》はさらにつづきます。

ここからはビー、ティファニー、ピュアのじゅんばんでおこなうことになりました。

バーがさらに高《たか》くなります。さすがにピュアはゴクリとつばをのみこみました。

うわ、あんなに高《たか》いんだ。だいじょうぶかな……？

まずはビーがポニーを走《はし》らせます。

そして……失敗《しっぱい》！　バーをおとしてしまったのです。ピュアはさらに不安《ふあん》になりました。

のこったのは、ティファニーとピュア。

一位《い》はどちらかなのです。

ティファニーが、フンと鼻《はな》をならしてピュアをにらみつけると、ポニーの横腹《よこばら》をけって走《はし》りはじめました。バランスをくずしてぶかっこうになりながらも、なんとかジャンプ。ポニーの足《あし》がバーにふれます。ふるえてそのままおちるかに見《み》えたバーは、なんとかもちこたえました。ジャンプは成功《せいこう》です。

こうなると、ピュアもかならず成功《せいこう》させなければなりません。けれども、バーはとても高《たか》くなっています。

とびこえることなんてできるの……？

ううん、でも、やらなくちゃ。やりとげなくちゃ……！

ピュアはブラックの横腹《よこばら》をぽんとけって、スタートさせました。

まずは大《おお》きくカーブ。それをまがりきると、あとは一直線《いっちょくせん》です。

ピュアの頭《あたま》のなかはバーの高《たか》さのことでいっぱいでした。そのため、ほんとうは前《まえ》を見《み》なければいけないのに下《した》ばかりを見《み》て、ふみきってしまったのです。ブラックの足《あし》がふれて、バーが大《おお》きくふるえます。ピュアはブラックにしがみつき、ひっしにバランスをとって着地《ちゃくち》しました。バーは……おちていません。ピュアも、ブラックからおちていません。

ぎりぎりセーフ！　ジャンプは成功《せいこう》です！

でも……わたしにはこれ以上《いじょう》高《たか》いバーをとびこえるなんて、むり。せっかく成功《せいこう》したけれど、つぎはもうだめかも……。

ピュアはすっかり自信《じしん》をなくしてしまいました。

ふいに小《ちい》さな口笛《くちぶえ》がきこえました。音《おと》のするほうを見《み》ると、さくの上《うえ》でブルーベルたちが手《て》をふっています。

なにげなくスタートラインへむかうふりをして近《ちか》づくと、四人《にん》がタンポポの花《はな》を両手《りょうて》にひとつずつもって、にこにこしていました。

そしてつぎのしゅんかん、タンポポをポンポンのようにつかって、ピュアのおうえんをはじめたのです。

「ゴー、ゴー、ピューア！　ファイト、ファイト、ピューア！」

わあ、かわいい！
ピュアは笑顔《えがお》になりました。
やる気《き》がぐんとわいてきます。
みんな、わたしのことをしんじてくれている。
がんばらなくちゃ。
このジャンプ、ぜったい成功《せいこう》させなくちゃ！
そのとき、ティファニーがやってきて、ピュアにいいました。
「勝《か》つのは、あたし。もう、さっ

さとあきらめて、帰《かえ》れば？　バーがどんなに高《たか》くなっても、あたしはジャンプしつづける。さいごには、あんたとそのダメポニーがまけるだけ！」

思《おも》わずピュアはブラックの首《くび》にきゅっとだきつきました。

ブラックはダメポニーなんかじゃない。わたしのためにがんばってくれている、すばらしいポニーなんだから！

ティファニーはピュアをにらみつけると、さっさとスタートラインにつきました。まずはティファニーの番《ばん》です。

審判《しんぱん》の合図《あいず》とともにポニーを走《はし》らせます。ところが、あまりスピードをださなかったせいで、ふみきりがうまくいきませんでした。ジャンプのバランスがくずれ、着地《ちゃくち》のとき、ポニーのうしろ足《あし》がバーにあたってしまったのです。バーが大《おお》きくふるえ、とうとうガラン！

地面《じめん》におちました。

ティファニーが、しんじられないといわんばかりに、おちたバーをまじまじと見《み》つめています。ピュアがこのあとのジャンプを成功《せいこう》させれば、勝《か》ちがきまるのです。

そばのさくの上《うえ》では、タンポポで目《め》をかくした妖精《ようせい》たちが、すきまからのぞいているのが見《み》えました。見《み》ていられないけど見《み》たい、といったところなのでしょう。

「今《いま》のは、ポニーがへたくそなジャンプをしたから……あたしのせいじゃないし……」

ティファニーがブツブツもんくをいっているのを、ピュアはきかないようにしました。今《いま》は頭《あたま》をすっきりさせて、ジャンプのことだけを考《かんが》えるべきです。

ホイッスルの合図《あいず》とともに、ピュアとブラックはスタートしました。まずは少《すこ》しゆっくり走《はし》らせます。おたがいにおちつく時間《じかん》をつくるためです。コースのカーブをまがりきると、そこからは直線《ちょくせん》です。ピュアは走《はし》るスピードをいっきにあげました。

「ブラック、行《い》くよ！　わたしたちなら、できる！　ジャンプできる！」

バーの直前《ちょくぜん》、ピュアは歯《は》をくいしばり前《まえ》のめりになりました。ブラックがふみきって大《おお》きくジャンプします。

そして……着地《ちゃくち》！　バーは……おちていません！

「やったー！」

うれしくて、ピュアはさけびました。ブラックも「ヒヒーン！」といななきながら、そのまま走《はし》り、妖精《ようせい》たちのいるさくの横《よこ》をかけぬけます。あまりのいきおいに、ピュアはふりかえるひまもありません。

それでも、四人《にん》の「ピュア、おめでとう！」「やったね！」「ありがとう！」「サイコー！」ということばがきこえました。つづいて、ブルーベルの「♪サイコー、サイコー、勝《か》っちゃった！」というヘンテコな歌《うた》がひびいてきます。

トラックのまわりで見《み》ていた人たちも、はくしゅをしてくれました。なかでも、ひときわうれしそうにはくしゅをおくる女《おんな》の子《こ》に、ピュアは目《め》をとめました。ブラックも女《おんな》の子《こ》を見《み》ています。

あの子《こ》、だれだろう？

気《き》になりましたが、トラックで表彰式《ひょうしょうしき》がおこなわれることに気《き》づいて、いそいでそちらへむかいました。

ブラックからおりたピュアは、競技会《きょうぎかい》の会長《かいちょう》さんの前《まえ》に立《た》ちました。

「第一位《だいいちい》、おめでとう」

会長《かいちょう》さんがピュアに赤《あか》いリボンのくんしょうをわたします。

「ありがとうございます」

ピュアはほこらしい気持《きも》ちで受《う》けとると、会長《かいちょう》さんとあくしゅをしました。そしてすぐに、横《よこ》にいるブラックの手綱《たづな》にくんしょうをつけました。一位《い》をとれたのは、ブラックのおかげなのですから。

つづいて、二位《い》のくんしょうをわたされたティファニーは、ぶすっとして、「ありがとうございます」もなにもいいません。会長《かいちょう》さんが手《て》をさしだしているのに、あくしゅをしようともしません。ピュアは思《おも》わず「ほら、あくしゅするのをわすれてるよ」といってあげました。ティファニーは、わすれたわけではなかった

のですが、しぶしぶ会長《かいちょう》さんの手《て》をとりました。

ティファニーがピュアにぼそっといいました。

「やるじゃん」

「ありがとう。ティファニーもがんばったね」

ピュアはあかるくいいました。

「まさか、あんたがジャンプできるとはね……。ポニーにのったことないと思《おも》ってたから」

ティファニーのことばに、ピュアは思《おも》わずにんまりして、いいました。

「たまたま成功《せいこう》しただけだよ」

ピュアの目《め》がきらりと光《ひか》ります。

それから、くるりと背《せ》をむけると、ブラックをつれて馬小屋《うまごや》にむかいました。

ほとんどスキップをしているような足《あし》どりのピュアの上《うえ》を、妖精《ようせい》たちがとびながらついてきます。馬小屋《うまごや》に入《はい》ってほかに人《ひと》がいないのをたしかめると、さっとおりてきて、ピュアにとびつきました。

「おめでとう！」

「やったね！」

四人《にん》が口《くち》ぐちにいいます。

「みんながてつだってくれたからだよ。ほんとにありがとう。サルビアはさいこうの先生《せんせい》だった！」

「それほどでもないわ」

サルビアはさらりとこたえましたが、その笑顔《えがお》はほこらしげです。

みんなでブラックにも「おめでとう」や「ありがとう」をいったあと、ピュアはティファニーから「賞品《しょうひん》」をもらいにいくことにしました。もちろん、やくそくのペリドットのリングのことです。

馬小屋《うまごや》をでてティファニーをさがすと、駐車場《ちゅうしゃじょう》にいるのが見《み》えました。ティファニーは車《くるま》の前《まえ》で、自分《じぶん》のポニーにブラシをかけながら、「勝《か》てなかったのは、おまえのせいだからね」ともんくをいっています。

ピュアは声《こえ》をかけました。

「ティファニー、リングをもらいにきたの」

「はぁ？　なにいってんのか、ぜんぜんわかんない」

顔《かお》もあげずに、ティファニーがいいます。

ピュアはおちつかない気分《きぶん》になりましたが、ひっしに自分《じぶん》にいいきかせました。

わたしは正々堂々《せいせいどうどう》と勝《か》ったんだから、わかんないなんて、いわせちゃだめ……！

「やくそくしたでしょ」

ピュアはよわよわしくいいました。

「はぁ？　おぼえてない」

そのとき、ピュアの髪《かみ》がふわりとなびきました。

「しんぱいしないで」

耳《みみ》もとでブルーベルの声《こえ》がします。

「うちらでティファニーに魔法《まほう》をかけたでしょ？　あれは、こういうときのためだったんだ。ティファニーなら、きっとやくそくをやぶるだろうって想像《そうぞう》できたから」

「うわっ！　なに!?　なんなの!?」

きゅうにティファニーが、右手《みぎて》をふりあげながら、うしろにとびのきました。なんと、ペリドットのリング

で、指《ゆび》をはめている指《ゆび》が、くだもののキウイくらいの太《ふと》さにふくらんで、黄緑色《きみどりいろ》にらんらんと光《ひか》りだしたのです。ピュアはわらいそうになるのをひっしにこらえ、まじめな顔《かお》でいいました。

「リングをわたして」

「やだ！」

すると、指《ゆび》はますますふくらんでリンゴほどにもなりました。ティファニーがなきそうな顔《かお》で、ピュアをにらみつけます。

「あ、あんた、どうやってこんなことしたの？」

ピュアはもういちどくりかえしました。

「リングをわたして」

「やだ！」

とたんに、指《ゆび》がメロンほどもふくらみます。ぞっとしたティファニーは、とうとうさけびました。

「あー、もうわかったから！」

ティファニーはふくらんだ指《ゆび》からリングをどうにかひきぬきにかかりました。すると、みるみるうちに、指《ゆび》はふつうの太《ふと》さにもどり、黄緑色《きみどりいろ》の光《ひかり》はきえ、リングがするりとぬけたのです。

どこからかクスクスわらう小《ちい》さな声《こえ》がきこえてきます。つづいて、サルビアのささやきがピュアの耳《みみ》にとどきました。

「ティファニーの気《き》がかわらないうちに、はやく受《う》けとって！」

ピュアはさっと手《て》をさしだしました。そのてのひらに、ティファニーがリングをぽとんとおとします。それから首《くび》をかしげ、自分《じぶん》の右手《みぎて》の指《ゆび》をまじまじと見《み》ました。さっきおこったことは現実《げんじつ》なのか、夢《ゆめ》だったのか、考《かんが》えているようです。

「あんた、どうやって――」

ティファニーがいいおわる前《まえ》に、ピュアはその場《ば》をさっていました。

馬小屋《うまごや》にもどり、妖精《ようせい》たちがとびらの上《うえ》にまいおりたところで、みんなはどっとわらいだしました。ブルーベルはわらいすぎて、とびらからおちそうになったほどです。

「みんな、魔法《まほう》をあんなふうにつかっちゃいけないんじゃない?」

ピュアはいちおうそういいましたが、にこにこせずにはいられません。

ふいにだれかの足音《あしおと》が近《ちか》づいてきて、妖精《ようせい》たちがさっとかげにかくれました。ティファニーかもしれません。

けれど、そこにあらわれたのは、黒髪《くろかみ》のショートカットの女《おんな》の子《こ》でした。ピュアとブラックが一位《い》をとったとき、思《おも》いきりはくしゅをしてくれた子《こ》です。ほっとして、ピュアは笑顔《えがお》をむけました。

女《おんな》の子《こ》がいいました。

「わたしはリリー・ローズ。ブラックにあいにきたの」

第6章

あらたな友情《ゆうじょう》

ブラックを見《み》たとたん、リリー・ローズは首《くび》にだきついて、たてがみに顔《かお》をうずめました。ブラックもうれしそうにリリー・ローズに鼻《はな》づらをすりつけます。

「ああ、わたしやっぱり、ひと目見《めみ》たときから、ブラックのことが大《だい》すき！」

リリー・ローズがいいました。

「わたしも今《いま》は大《だい》すき」

そういってから、ピュアはあわてて自己紹《じこしょう》介をしました。

「わたしはピュア。よろしくね」

すると、リリー・ローズがしゃんと背《せ》すじをのばして、きんちょうした顔《かお》になりました。

「あのう、ピュア……あなたは、ブラックと競技《きょうぎ》にでていたけど、飼《か》い主《ぬし》ってわけじゃないのよね？」

「あ、うん、もちろん。あっ……もしかして……リリー・ローズ、あなたブラックの飼《か》い主《ぬし》になりたいの？」

すると、リリー・ローズがうなずいて、ブラックの首《くび》にまわしたうでに、きゅっと力《ちから》をこめました。

「ずっと前《まえ》からポニーをかうのが夢《ゆめ》だったの。それでこのあいだの誕生日《たんじょうび》にパパをせっとくして、ついにきょう、ポニーをえらぶためにここに来《き》たんだ。馬小屋《うまごや》でブラックを見《み》たとき、すぐにこの子《こ》だって思《おも》った。なのに、乗馬《じょうば》クラブの人《ひと》が、ブラックはあらっぽくてきけんだっていうから……。パパはわたしがためしにのってみるのさえ、だめだって」

ピュアはあわててリリー・ローズにせつめいしてあげました。

「ブラックはただ、さびしくてつまらなかっただけ！　今《いま》はすっかりすなおになってるよ。この子《こ》にひつようなのは、愛情《あいじょう》をたっぷりくれる飼《か》い主《ぬし》。そして、この子《こ》のほうからもすきになれる相手《あいて》。リリー・ローズ、あなたはぴったりだと思《おも》う！」

すると、リリー・ローズがにこにこしてこたえました。

「うん、自分《じぶん》でもそう思《おも》う！」

妖精《ようせい》たちも、ブラックのはるか上《うえ》をとびながら見《み》まもっていまし

た。四人《にん》とも、うれしそうにわらっています。
　リリー・ローズがことばをつづけました。
「だから、競技会《きょうぎかい》でピュアが優勝《ゆうしょう》したとき、希望《きぼう》をもらえてうれしかったの。パパも、ブラックはいいポニーだって感心《かんしん》してた。でも、わたしがブラックにのるようすを見《み》てから、きめたいんだって。乗《じょう》馬《ば》レッスンは受《う》けたことあるから、いちおうポニーにはのれるの。ブラックをかりていい？」

ピュアは大《おお》きくうなずくと、すぐにリリー・ローズに自分《じぶん》の乗馬《じょうば》用《よう》のぼうしをかして、ブラックにのせてあげました。それからいそいで、妖精《ようせい》たちとトラックの横《よこ》に走《はし》っていきます。

どうかリリー・ローズが、うまくブラックをのりこなせますように……！

ピュアはいのる気持《きも》ちで、見《み》まもりました。

しばらくして、リリー・ローズがブラックにのって、トラックに入《はい》ってきました。はじめてとは思《おも》えないほど息《いき》のあったようすで、ゆうがにすすんでいきます。そして、とうとうトラックをぶじにひとまわりして見《み》せたのです。
リリー・ローズが、パパを見《み》つけて、声《こえ》をかけました。
「どうだった？　パパ、おねがい、ブラックをうちの子《こ》にして！
わたし、この子《こ》がほんとうにすきなの！」
「たしかに、ブラックはおまえのいうことをしっかりきいていたな。
そんなに気《き》に入《い》ったなら……うちにむかえよう。リリー・ローズ、
ブラックはきょうから家族《かぞく》だ」
「わあ、ありがとう、パパ！」
リリー・ローズが、ブラックの首《くび》にだきつきます。それがどんな
意味《いみ》なのか、ブラックにもわかったようです。うれしそうに「ヒヒー
ン！」といななきました。

そのとき、ふと駐車場《ちゅうしゃじょう》を見《み》たピュアは、びっくりしました。ティファニーののる車《くるま》が駐車場《ちゅうしゃじょう》をでていくではありませんか。

「えっ!? まって、わたしをわすれてるでしょ! まだのってないのに!」

ピュアはさけんでおいかけましたが、まにあいません。あっというまに車《くるま》は見《み》えなくなってしまいました。

ピュアはがっくりかたをおとして、トラックにとぼとぼもどってきました。なかないようにするのが、せいいっぱいです。

おいていくなんてひどい。

どうやってうちにかえればいいの?

すると、ピュアのようすに気《き》づいたリリー・ローズが、「どうしたの？」と声《こえ》をかけてくれました。ピュアがせつめいすると、リリー・ローズがにっこりしました。

「だいじょうぶ。パパにうちまでおくってもらえばいいわ」

そこで、リリー・ローズのパパがブラックをつれてかえるてつづきをしているあいだに、ピュアは事務所《じむしょ》の電話《でんわ》をかりて、リリー・ローズのパパに車《くるま》でおくってもらうことをママにれんらくしました。

すべてが丸《まる》くおさまって、車《くるま》にのりこむ少《すこ》し前《まえ》、妖精《ようせい》たちがあわててピュアの服《ふく》を、乗馬用《じょうばよう》から、もとのT《ティー》シャツとジーンズにもどしました。たしかに、そのほうがいいでしょう。乗馬服《じょうばふく》を見《み》たママに「それどうしたの？」ときかれたら、こたえにこまります。

ポンポンをふっておうえんをしつづけた妖精《ようせい》たちは、とてもつかれていたので、荷台《にだい》のすみにのりこんで、すぐにねむってしまいました。

荷台《にだい》にはブラックもいます。新《あたら》しい自分《じぶん》の家《いえ》にむかうことがわかるのでしょう。まんぞくそうに車《くるま》にゆられていました。

ピュアのうちにつくと、ママがでむかえてくれました。ピュアはリリー・ローズとパパをママにしょうかいしました。もちろん、ブラックのこともです。

「ブラックは、リリー・ローズのうちの子《こ》になったんだけど、きょうの競技会《きょうぎかい》では、わたしものったの。それでね……これをもらったんだよ！」

ママに赤《あか》いリボンのくんしょうを見《み》せます。競技会《きょうぎかい》で一位《い》になったあかしです。

リリー・ローズがわらいだしました。

「ピュア、そんなんじゃ、せつめいがたりないでしょ。あなたは優勝《ゆうしょう》して――」

とちゅうまでいいかけて、リリー・ローズは口《くち》をつぐみました。ピュアがあわてて首《くび》を横《よこ》にふり、いわないで、と合図《あいず》をおくったからです。ママはピュアがポニーにのったのはきょうがはじめてだと思《おも》っているので、まさかジャンプをしたうえに、競技会《きょうぎかい》で一位《い》になったとは考《かんが》えてもいないでしょう。

理由《りゆう》はよくわかりませんでしたが、ピュアのいやがることはしたくなかったので、リリー・ローズはそれ以上《いじょう》、競技会《きょうぎかい》のことを話《はな》すのはやめました。

帰《かえ》りぎわ、リリー・ローズはピュアをぎゅっとだきしめて、いいました。

「またあいたいな。ブラックもきっとピュアにあいたいと思《おも》うし」

「うん、ありがとう。わたしもあいたい！」

ピュアはママといっしょに、リリー・ローズたちを見《み》おくりました。車《くるま》が出発《しゅっぱつ》する直前《ちょくぜん》、荷台《にだい》にかくれていた妖精《ようせい》たちがでてきて、空高《そらたか》くまいあがりました。

ママがにこにこしながら、ピュアをぎゅっとだきよせます。

「楽《たの》しい一日《にち》だったみたいで、よかった！　それに、あたらしい友《とも》だちができて、ママもとてもうれしいわ。毎週《まいしゅう》、乗馬《じょうば》にかよわせてあげられたらと思《おも》うんだけど、お金《かね》がかかるから……。ごめんね」

けれども、ピュアは笑顔《えがお》でママを見《み》あげました。

「ううん、いいの。きっとすぐにまた、ポニーにのれる気《き》がするし!」

ピュアのことばに、クスクスわらう声《こえ》がきこえてきました。玄関《げんかん》先《さき》においてある、鳥《とり》の水《みず》あび用《よう》のうつわのふちに妖精《ようせい》たちがゆったりねそべっています。ピュアはにっこりせずにいられませんでした。

そう。またいつだって、すきなときに、ポニーにのれるんだよね。

だって、レインボーやスターダストたちにフェアリーパウダーをふりかけて、みんなであそべばいいんだから。

ママが夕食《ゆうしょく》のしたくをするために家《いえ》のなかに入《はい》ったので、ピュアは妖精《ようせい》たちのもとにかけよりました。ポケットからリングをとりだします。夕日《ゆうひ》を受《う》けて、ペリドットが黄緑色《きみどりいろ》にきらきら光《ひか》っています。

「これで誕生石《たんじょうせき》は四つ目《め》だね！　オークの木《き》を守《まも》る目標《もくひょう》にどんどん近《ちか》づいてる気《き》がする」

ピュアがほこらしげにいうと、ブルーベルがおどけて、おうえんっぽいかけ声《こえ》をさけびました。

「すごいぞ、すごいぞ、ピューア！」

そして四人《にん》が手《て》をたたきます。

ピュアはてれながら、あわてていいました。

「ううん、これはみんなのおかげ。みんながいたから、ペリドットを手《て》に入《い》れることができたんだよ。だから、『すごいぞ、すごいぞ、み・ん・な！』だよ！」

「すごいぞ、すごいぞ、フェ・ア・リー！」

四人《にん》が声《こえ》をそろえてさけびます。それから、鳥《とり》の水《みず》あび用《よう》のうつわの水《みず》を、わざと足《あし》でバシャバシャはねあげ、わらいあいました。

夕日《ゆうひ》が五人《にん》のせなかをオレンジ色《いろ》にそめています。ピュアはそろそろ、家《いえ》のなかにもどったほうがよさそうです。

「じゃあね！」

「うん、またね！」

「あしたね！」

ピュアが手《て》をふる前《まえ》で、妖精《ようせい》たちがぐんぐんまいあがり、屋根《やね》の上《うえ》までとんでいきます。それから方向《ほうこう》をかえ、野原《のはら》のほうへむかいました。妖精《ようせい》ハウスへ帰《かえ》るのです。

みんなが見《み》えなくなったところで、ピュアは玄関《げんかん》のドアをあけました。
つぎはみんなとなにをしようかな。
あしたも、五人《にん》ですてきなぼうけんにめぐりあえますように！

The End

ひみつのダイアリー

○月×日

ピュアったら、今回《こんかい》も大《だい》かつやくだったわね！

誕生石《たんじょうせき》を手《て》に入《い》れるために、のったこともない

ポニーの競技会《きょうぎかい》にでるなんて、むちゃだと思《おも》ってたけど……。

みごと、ティファニーに勝《か》ったじゃない？　びっくりしたなあ。

がんばりやのピュアのこと、ますます、すきになっちゃった。

自分《じぶん》をしんじられる女《おんな》の子《こ》って、かっこいいもの！

あたしもひさしぶりにポニーにのって、すごく楽《たの》しかった。

こんどはユニコーンのスターダストにのりたいわ。

ブルーベルが焼《や》きもちをやくと、こまるけど。

ピュアも、またリリー・ローズに会《あ》えて、

ブラックにのれるといいな！

サルビア
Salvia

妖精《ようせい》★ファンルーム

イギリスからとどいたメッセージ★

ある晴《は》れた日《ひ》の昼下《ひるさ》がり、
妖精《ようせい》ハウスに１通《つう》のお手紙《てがみ》が
とどきました……！

みんなー！　見《み》て見《み》て！

なになにー？

およ？

どうしたの？

え！！　これって……！

作家《さっか》の
ケリー・マケインさんからの
お手紙《てがみ》だよ！

「ひみつの妖精《ようせい》ハウス」ファンのみなさんへ

みなさんは妖精《ようせい》をしんじていますか？
わたしはしんじています、もちろん！
「ひみつの妖精《ようせい》ハウス」が、こうしてはるばる日本《にほん》のみなさんのもとに
とどいたことを、とてもうれしく思《おも》っています。
ピュアとブルーベル、デイジー、サルビア、スノードロップがくりひろげる
冒険《ぼうけん》を、どうかみなさんが楽《たの》しんでくれますように！

わたしが「ひみつの妖精《ようせい》ハウス」の物語《ものがたり》を思《おも》いついたのは、
友人《ゆうじん》の家《いえ》にとまっていたときのことでした。
花《はな》でいっぱいのうつくしい庭《にわ》を見《み》て、わたしは心《こころ》から思《おも》いました。
「ここならぜったいに妖精《ようせい》がいるわ。わたしがあとちょっとすばやく動《うご》ければ、
この目《め》で妖精《ようせい》を見《み》ることができるのに」と。
けっきょく、わたしがほんものの妖精《ようせい》のすがたをとらえることは、
できませんでした。でも、かわりにこう決《き》めたのです。
元気《げんき》なかわいい妖精《ようせい》を四人《にん》、想像《そうぞう》してみよう。
そして……その妖精《ようせい》たちのことを物語《ものがたり》にしよう！

みなさんも、自然《しぜん》でいっぱいの場所《ばしょ》に行《い》ったら、
ぜひ目《め》をこらしてくださいね。妖精《ようせい》が見《み》えるかもしれませんよ。
そして、ほんものの妖精《ようせい》と出《で》あうまでは、
「ひみつの妖精《ようせい》ハウス」の世界《せかい》を楽《たの》しんでください。
ピュアも、四人《にん》の妖精《ようせい》たちも、
みなさんが来《き》てくれるのを、
大《だい》かんげいしますから！

たくさんの愛《あい》とキラキラの妖精《ようせい》の魔法《まほう》を
みなさんに。

ケリー・マケインより

作　ケリー・マケイン　（Kelly McKain）

イギリスのロンドン在住。大学卒業後コピーライターとしてはたらいたのち教師となる。生徒に本を読みきかせるうち、自分でも物語を書いてみようと思いたち、作家になった。邦訳作品に「ファッション・ガールズ」シリーズ（ポプラ社）がある。

訳　田中亜希子　（たなか あきこ）

千葉県生まれ。銀行勤務ののち翻訳者になる。訳書に『コッケモーモー！』（徳間書店）、「プリンセス☆マジック」シリーズ（ポプラ社）、「マーメイド・ガールズ」シリーズ（あすなろ書房）、『僕らの事情。』（求龍堂）、『迷子のアリたち』（小学館）など多数。

絵　まめゆか

東京都在住。東京家政大学短期大学部服飾美術科卒業。児童書の挿し絵を手掛けるイラストレーター。挿画作品に『ミラクルきょうふ！ 本当に怖い話　暗黒の舞台』（西東社）、『メゾ ピアノ おしゃれおえかき＆きせかえシールブック』（学研プラス）などがある。

ひみつの妖精ハウス④

ひみつの妖精ハウス

ティファニーの挑戦状！

2017年5月　第1刷
2022年4月　第4刷

作　ケリー・マケイン
訳　田中亜希子
絵　まめゆか

発行者　千葉 均
発行所　株式会社ポプラ社
〒102-8519 東京都千代田区麹町 4-2-6・9F
ホームページ　www.poplar.co.jp
印刷・製本　中央精版印刷株式会社

装丁・本文デザイン　吉沢千明

N.D.C.933/151P/20cm　ISBN978-4-591-15406-9

P4131004